君は月夜に光り輝く

+ Fragments

kimi wa tsukiyo ni hikarikagayaku

사노 테츠야 지음 ─ 박정원 옮김

너는 달밤에 빛나고

+ Fragments

D&C BOOKS

君は月夜に光り輝く +Fragments

만약,
너와

If you can...

그 여름날, 우리는 사막에 있었다.

"역시 목마르네."

검색해보니 근처에 자판기가 있다고 했다.

물을 사서 둘이 나눠 마셨다.

"이제 어디로 가면 돼?"

나는 그녀에게 물었다.

"여기가 돗토리 사구(砂丘)잖아? 다음에는 교토에라도 가보는 게 어때?"

어딘가 남의 일처럼 그녀는 대답했다.

"잠깐만 쉬었다 가자."

올여름은 덥다.

기온은 38도. 쪄죽어도 이상하지 않다.

전국 일주는 사실 그녀가 꺼낸 이야기였다.

그래도 최선을 다해 후지산과 아소산에도 올라갔고, 홋카이도에도 다녀왔다.

아르바이트를 해서 돈을 모으기는 했지만, 그렇다고 여비가 넉넉한 것은 아니었다.

그래서 텐트를 치고 밤을 보냈다.

"노숙도 많이 늘었네."

그녀가 감탄한 기색으로 말했다.

"넌 모기에 안 물리니까 좋겠다."

대학 입시가 코앞이다. 고3 여름 방학에 이래도 되는 걸까. 불안해진다.

"대학 합격하면 뭘 하고 싶어?"

"글쎄, 공부?"

그녀가 제정신이냐는 표정을 지었다.

"그럼 뭘 해야 하는데?"

"으음, 여자 꼬시기?"

노트를 꺼내 살펴보았다.

그녀의 「죽기 전에 하고 싶은 일」 리스트가 줄줄이 적혀 있었다.

그 리스트도 이것으로 끝이다.

· 전국 일주를 하고 싶다.

"이걸 다 끝내면 말이야."

나는 참을 수 없는 심정이 되었다.

"나를 잊도록 해."

"잊지 않아."

이튿날 아침, 노트를 살펴보았다.

보고 또 보아도 이제 못다 한 일은 하나도 남지 않았다.
다 끝내버리고 말았다.

그렇게 생각하자 뭔가 기묘한 상실감이 느껴졌다.

사실은 그녀가 살아 있는 동안 전부 끝마치고 싶었다.

한동안 자전거를 몰고 가다 보니 이윽고 낯익은 거리 풍경이 눈에 들어왔다. 고등학교 앞을 지나 서둘러 약속 장소로 향했다.

기어를 올렸다. 안장에서 일어선 채로 페달을 밟아 언덕길을 올랐다.

그 꼭대기에서 카야마가 기다리고 있었다.

"고생했다."

카야마는 처음 보는 여자와 같이 있었다.

"고3 여름 방학에 혼자 자전거로 전국 일주라니, 너 그런 녀석이었냐?"

"시끄러."

이제부터 뭘 할까.

내가 죽기 전에 하고 싶은 일은 무엇일까.

정말로 하고 싶은 일을 하자.

내가
언젠가
죽기
전까지의
나날

My ending note

아침에 잠에서 깨어나, 아직 살아 있구나 하고 남의 일처럼 생각했다.

푸르스름한 빛이 병실 바닥을 차갑게 비추고 있었다.

부지런한 새가 벌레를 잡는다고들 하지만, 나 같은 병자는 일찍 일어나봐야 득 될 게 하나도 없다.

아무 데도 갈 수가 없다.

아무것도 할 일이 없다.

시계를 보니 아침 여섯 시가 조금 넘었다. 기상 시간인 일곱 시까지 어두컴컴한 병실에서 그저 아침을 느끼며 조용히 기다리는 수밖에 없다. 이렇게 어두우면 책도 못 읽는다.

이럴 때, 눈앞의 '지금'에 아무것도 없을 때, 사람은 자신의 기억을 반추하는 수밖에 없다.

내 경우에는 돌이켜봐도 우울해질 만한 기억밖에 없지만 말이다.

내가 입원한 것은 중학교 1학년 때였다.

첫 이상 신호는 아침에 찾아왔다. 머리가 깨질 것처럼

아팠지만 그래도 학교에 가려다 전철 승강장에서 쓰러지고 말았다.

당시에는 나도 가족들도 그냥 신경성이겠거니 했다.

그게 그렇게 간단한 병이 아니라는 사실은 얼마 후에야 밝혀졌다.

병원을 몇 군데 거친 끝에 비로소 병명이 선고되었다.

발광병(發光病).

그것은 완치될 가망이 없는 기이한 병으로 유명했다.

원인을 모르므로 치료법도 없다.

서서히 체력이 떨어져 나중에는 자기 발로 걷지도 못하게 된다.

그러다 끝내는 심장을 움직일 힘마저 잃어버려 죽음을 맞이한다.

발광병 환자에게 나타나는 또 하나의 특징적인 증상은 피부에 생기는 이변이다. 밤에 달빛을 받으면 몸이 희미하게 빛난다. 초기에는 육안으로 보일 만큼 강한 빛이 나지는 않지만 병세가 진행될수록 그 빛은 점차 강해진다고 한다.

실제로 발광병인지를 진단하는 검사는 간단하다. 어두운 실내에서 특수한 파장의 빛을 쬐며 사진을 찍고 그 이미지를 판독해보면 된다. 나도 그 검사로 확진을 받았다.

난 죽는 거구나.

맨 처음 그 이야기를 들었을 때 어떤 생각을 했는지 지금은 잘 기억나지 않는다. 어쩌면 아무 생각도 없었는지도 모른다.

아빠는 감정을 잃어버린 사람처럼 고개를 푹 떨구었고, 엄마는 "무슨 방법이 없을까요?"라고 망가진 인형처럼 똑같은 말을 되풀이했다.

"괜찮아."

나는 그렇게 말했다. 그것 말고는 무슨 말을 해야 좋을지 알 수 없었다.

다들 그렇게 심각한 표정 짓지 마.

그런다고 달라질 것도 없잖아.

"난 괜찮으니까."

자기 암시를 걸듯 나는 그렇게 말했다.

입원한 후로는 기본적으로 줄곧 병원에서 생활했다.

아무 일도 없지는 않았지만, 그렇다고 뭔가 특별한 일이 있었던 것도 아니다.

이따금 검사를 받을 때 빼고는 온종일 침대에서 보내는 나날이 이어졌다. 말벗이라고는 간호사와 의사, 엄마뿐이었다.

내가 입원하고 나서 아빠와 엄마는 갈라서고 말았다. 그 뒤로 아빠가 나를 만나러 오는 일은 없었다.

'곧 죽을 사람'이라는 딱지가 붙으면 더는 평범한 사람이 되지 못한다. 한 번 그쪽 카테고리로 분류되면 똑같은 말을 해도 다르게 해석되는 모양이다. 입원 생활이 시작된 지 얼마 안 되어 나는 그 사실을 깨달았다.

입원 초기에는 같은 반 아이가 가끔 병문안을 왔다. 그리고 누구랑 누가 사귀기 시작했다는 이야기라든가 소풍 같은 학교 행사에 관한 이야기를 들려주고는 했다. 그렇게 가벼운 잡담을 나누다가 나는 별생각 없이 말했다.

"나도 소풍 가고 싶었는데."

그 순간 분위기가 얼어붙었다.

"응, 그렇겠지. 미안해. 내가 괜한 소리를 해서……."

같은 반 아이는 뭔가 엄청난 잘못이라도 저지른 것처럼 심각한 표정을 짓더니 미안하다는 듯 사과했다. 나는 어안이 벙벙해져서 한동안 말을 잇지 못했다.

난 평범하지 않구나.

평범하지 않다면 그에 맞게 살아가기로 마음먹었다.

따지고 보면 이 세상 사람들에게는 누구나 기대되는 역할이라는 게 있다. 예컨대 나만 해도 병에 걸리기 전까지는 학생이라는 역할을 맡아왔다. 적당히 공부하고 적당히 놀아줘야 하는 배역이다. 그런 역할이 있기에 이 세상은 정상적으로 돌아간다. 사람들은 그 역할을 착실하게 완수하기도 하고, 그 역할이 버겁거나 반감을 느낄 때는 의식적으로 일탈을 시도하기도 한다. 하지만 부여된 역할에서 벗어나려면 상당한 에너지가 필요하다. 그리고 대부분의 환자에게는 그럴 만한 기력이 없다. 나도 마찬가지였다.

내게 주어진 새로운 역할은 환자였다.

그것도 불치병을 앓는, 머지않아 세상을 떠날 환자 역할이었다.

남은 인생은 그 역할을 충실하게 연기하며 살아가는 수밖에 없다.

그것도 나름대로 편한 인생일지도 모르겠다는 생각이 들었다.

그 배역을 연기하는 데 특별한 테크닉은 필요 없다. 적어도 총리보다야 편하겠지. 침대 옆 TV 속에서 진땀을 닦으며 뭔가를 해명하는 정치가를 보면서 생각했다.

지루한 입원 생활, 아무 데도 갈 수 없는 나날들, 보살핌을 받는 것이 당연한 하루하루. 그런 시간을 견디는 사이, 나는 차츰 마지막 순간이 찾아오는 것을 기대하게 되었다.

이런 시간이 얼른 끝나면 좋을 텐데.

빨리 죽어버리면 좋을 텐데.

그래서 의사가 병세가 악화되어 언제 죽어도 이상하지 않다고 했을 때도 사실은 별로 충격을 받지 않았다.

남은 수명 제로.

그리하여 나는 싱겁게 죽음을 눈앞에 두게 되었다.

죽음을 각오했다.

밤에는 혼자 침대에 누워 마음을 가다듬었다.

크게 어려운 일은 아니었다.

그저 아무 의미도 없는 삶이었다는 생각이 들었다.

단지 남에게 폐를 끼치기만 했을 뿐이다.

아무런 기쁨도 주지 못하는 인생이었다. 남을 슬프게 하는 게 고작인 인생이었다. 아무것도 이루지 못하고, 누군가에게 무언가를 남기지도 못한 비생산적인 인생이었다.

내 인생은 대체 뭐였을까 하는 생각이 들었다.

하지만 그런다고 지금부터 무언가를 할 수 있는 것도 아니다.

나는 매일 밤 잠자리에 들 때마다 죽음을 받아들였다.

잠은 일시적인 죽음과도 같다. 그것은 곧 내가 무(無)가 되는 것을 받아들이는 행위다.

잠든 사이에 죽을지도 모른다. 그게 최선일지도 모른다.

그렇게 생각하며 수많은 밤을 보냈다.

그 후로도 나는 죽지 않았다. 실질적 사망 선고를 받은
지 1년이 지났는데도 나는 비교적 쌩쌩했다. 의사는 기적
이라고 했다. 시시하고 상투적인 설명이었다. 그런 식으
로 기적이라는 말을 남발하는 게 마음에 들지 않았다.

실제로 그 입장에 처해본 결과, 곧 죽는다는 진단을 받
고도 1년을 더 산다는 건 꽤나 심란한 일이었다. 이미 죽
을 각오를 다졌는데 아무리 기다려도 죽지 않는다. 그렇
지만 죽는다고 생각하니 뭔가 할 마음도 나지 않고, 내내
도 닦는 승려 같은 기분으로 미묘하게 방치되어 있는 상
태였다.

그러다 보니 답답해서 미쳐버릴 것 같았다.

그래서 나는 머리를 비웠다. 생각하기를 포기했다. 인
간은 인간이기 이전에 동물이지만, 나는 식물처럼 살아가
기로 마음먹었다.

그 무렵에 찾아온 사람이 바로 동급생인 오카다 타쿠야
였다.

4월도 중순으로 접어드는 어느 날이었다.
나는 그때 책을 읽고 있었다.

독서는 입원한 후에도 내가 누릴 수 있는 몇 안 되는 낙이었다. 책은 여기가 아닌 어딘가로 날아갈 수 있는 수단이었다. 하지만 곧 죽는다는 선고를 받은 다음부터는 새 책은 읽지 않았다. 긴 소설을 읽다 말고 죽는다고 생각하니 왠지 약간 비참한 느낌이 들었기 때문이다. 다음 내용이 궁금한 나머지 내 죽음에 집중이 안 될 것 같다. 심지어 그게 재미없는 소설일지도 모른다고 생각하면 더더욱 끔찍했다.

그래서 요새는 예전에 읽은 책만 골라 다시 읽는 버릇이 생겼다. 그렇게 독서에 빠져 있는데 불현듯 인기척이 느껴졌다. 리놀륨 바닥을 울리는 발소리가 간호사하고는 달랐다. 뭐지? 누구 문병이라도 왔나? 그렇게 생각하며 고개를 들었다.

그 발소리의 주인공은 남학생이었다. 우리 학교 교복을 입고 있었다.

시선이 마주쳤다.

누구지? 하고 생각하기도 전에 문득 깨달았다.

그러고 보니 해마다 이맘때면 비슷한 일이 있었다. 매년 신학기가 되면 필요한 서류 등등을 전해주러 조금 머쓱한 표정의 동급생이 찾아온다. 평소에는 가끔씩 학교 선생님이 병문안을 와준다. 하지만 유독 4월 이맘때만은 한 번도 얼굴을 본 적 없는 동급생이 찾아왔다.

그 까닭은 아마 학교 측의 배려겠지.

우리는 널 잊지 않았단다. 너도 어엿한 학급의 일원이란다. 동급생의 방문에는 그런 메시지가 담겨 있는 눈치였다.

"와타라세 맞지?"

그 남학생은 그렇게 내게 말을 걸어왔다.

이름은 오카다 타쿠야라고 하는 모양이었다.

처음에는 간단한 자기소개로 시작된 대화도 시간이 지나자 점차 자연스러워졌다. 처음 보는 남학생과의 대화에 나는 정신없이 빠져들었다. 오랜만에 병원 관계자가 아닌 사람과 이야기를 나누어서일까. 하지만 그게 다는 아니었다.

그 아이는 마치 평범한 사람을 대하듯 나를 대했다. 그 태도에는 어색한 배려가 없었다.

"있지, 타쿠야. 조만간 또 놀러 와줄래?"

나는 저도 모르게 그렇게 묻고 말았다.

타쿠야는 잠시 생각하듯 눈을 내리깔더니 "그래. 조만간 올게." 하고 대답했다.

반응으로 보아 다시는 안 오겠구나 싶었다.

그래서 이튿날 병실에서 타쿠야를 보았을 때는 조금 놀

랐다.

"어? 타쿠야다."

뭘 하는 거지? 궁금해져서 말을 걸었다. 이쪽을 돌아본 타쿠야의 얼굴에는 난감해하는 기색이 역력했다. 뭔가 이상하다 싶어 유심히 보니 바닥에 유리 파편이 어지럽게 널려 있었다.

그것은 예전에 아빠가 선물로 준 스노우 볼의 잔해였다. 유리구슬 속에 미니어처 통나무집과 스노우 파우더라는 눈송이를 본뜬 입자가 들어 있어 흔들면 마치 눈이 내리는 것처럼 보였다. 그러면 유리구슬 속으로 설국의 풍경이 펼쳐졌다. 그러나 그 작은 세상을 가둬두었던 유리가 깨지며 사방으로 산산이 흩어진 스노우 볼은 단순한 잡동사니로 전락하고 말았다.

무슨 짓이야? 왜 그렇게 못되게 구는 건데?

고의로 깨뜨린 게 아니라는 사실을 머리로는 알고 있었다. 그래서 스노우 볼을 깨뜨린 타쿠야에게 화풀이를 할 마음은 나지 않았다.

나는 아마 충격을 받기는 했던 것 같다. 그 증거로 그 후에 타쿠야랑 무슨 이야기를 했는지 자세한 내용은 잘 기억이 나지 않는다. 그저 난처한 표정을 한 타쿠야의 얼굴만이 떠오를 뿐이다.

그보다 더 신기했던 것은 그 후에 내 안에서 싹튼 감정이었다.

후련했다.

소중하게 여겼던 물건이 부서졌는데 도리어 마음이 홀가분해진 느낌이 들었다.

이유가 뭘까? 밤중에 혼자 침대에 누워서 곰곰이 생각해보았다.

내 안에서 어떤 생각이 강해져갔다.

사람을 현세에 묶어두는 것은 집착이다.

태어나서 죽어가는 과정은 따지고 보면 손에 넣었던 것을 잃어버리는 일의 연속이다. 누구나 결국은 모든 것을 잃게 된다.

일단 집착할 대상을 잃어버리고 나면 더는 두려울 게 없다. 상실을 겁낼 필요가 없기 때문이다.

하지만 그 일로 내 가슴속의 모든 공포가 사라지지는 않았다. 사람을 현세에 묶어두는 것은 단순히 물질적인 요소만은 아니다.

때 이른 죽음이 슬프게 느껴지는 까닭은 뭘까?

천수를 누리고 죽는 것과 요절하는 것은 뭐가 다를까?

그 차이는 결국 가능성의 문제라는 생각이 들었다.

조금 더 오래 살았더라면 이랬을지도 모르고 저랬을지도 모른다. 그러한 '가능성'의 수만큼 삶에 대한 집착이 늘어나는 게 아닐까?

즉 어린 나이로 생을 마감하게 될 나 같은 경우에는 지금 가지고 있는 물건을 버리는 정도로는 부족한 셈이다.

가능성을 버리려면 어떻게 해야 할까?

실제로 경험해보는 게 가장 좋을지도 모른다.

그러면 여한 없이 세상을 떠날 수 있을지도 모른다.

나는 그렇게 결론을 내렸다.

그래서 엄마한테 병원 매점에서 노트를 하나 사다 달라고 부탁했다. 고등학생이 수업 시간에 필기할 때 사용할 법한, 지극히 평범한 B5 사이즈의 유선 노트였다.

그 노트에 내가 죽기 전에 해보고 싶은 일들을 하나하나 써 내려갔다.

· 놀이공원에 가보고 싶다.

· 번지 점프를 해보고 싶다.

이렇게 시시한 소원으로도 괜찮을까? 내 손으로 써놓고도 그런 생각이 들었다. 하지만 아무리 생각해보아도 본질적인 욕구는 좀처럼 의식의 표면으로 떠올라주지 않았다. 내가 진짜 하고 싶은 일은 뭘까? 자기가 진짜 하고 싶은 일이 뭔지 정확하게 아는 사람이 이 세상에 과연 몇이

나 될까?

· **아빠가 보고 싶다.**

부모님이 이혼한 뒤로는 아빠 얼굴을 한 번도 보지 못했다. 거기까지 써놓고 문득 깨달았다.

어차피 내가 이 「죽기 전에 하고 싶은 일 리스트」를 실행에 옮기기는 불가능하다.

왜냐하면 나는 병실 밖으로 나갈 수 없기 때문이다.

왜 진작 그 사실을 깨닫지 못한 걸까.

써봤자 헛수고다.

그런 생각이 스쳐 가 펜을 멈추었다. 하지만 어차피 별 상관은 없다. 이런 일에 지나치게 진지해져 봐야 소용없다. 실현되느냐 마느냐가 중요한 게 아니다. 그보다는 내 안의 욕구를, 삶에 대한 집착을 파악하는 게 중요하다. 나는 그렇게 마음을 고쳐먹었다. 모조리 써서 끄집어낸 다음 하나씩 없애나가자. 내 안에 있는 소망들을. 결심을 굳히고 나는 다시 펜을 들었다.

"그거, 내가 도와줘도 될까?"

한창 작업을 진행하는 도중에 타쿠야가 다시 병실로 찾아왔다.

애는 할 일도 없나? 나는 시큰둥한 기분으로 생각했다.

곧 죽을 나 같은 사람한테 대체 무슨 볼일이 있다고 이러지?

타쿠야의 얼굴은 어딘가 무표정해서 속내를 짐작하기 어려웠다. 무슨 생각을 하는지 통 알 수가 없었다.

만약 내게 관심이 있는 거라면 그 이유는 뭘까?

마음속으로 가설을 세워보았다.

죽음을 앞둔 인간에게 흥미가 있으니까.

설령 그렇다 해도 상관없다고 생각했다. 딱히 불쾌하지는 않았다.

"속죄를 하고 싶어서. 스노우 볼을 깨뜨렸으니까. 돌이킬 수 없는 실수를 저질렀다고 생각해. 하지만 그냥 미안하다고 입으로만 사과해서는 뭔가 모자란 느낌이 든다고 해야 하나, 얄팍한 느낌이 들어서…… 설명을 잘 못 하겠는데…… 아무튼 그러니까 뭐든 좋아. 내가 할 수 있는 일이라면 뭐든지 할게."

그 이야기를 들은 순간 불현듯 떠올랐다.

타쿠야가 나를 대신해서 죽기 전에 하고 싶은 일 리스트를 실행한다는 아이디어가.

사형 집행 소식을 기다리는 사형수 같은 심정으로 하루하루를 어정쩡하게 흘려보내야 하는 이 상황이 나는 이제 지겨웠다.

죽음에 대한 공포를 줄이기 위해 가능성을 버리고 싶었다.

사람은 과거뿐만 아니라 가능성에도 얽매여서 살아간다.

모든 가능성을 다 없앨 수 있다면 나는 분명 평온한 심정으로 죽음을 맞이할 수 있겠지.

그래서 나는 타쿠야에게 부탁하기로 마음먹었다.

내가 죽기 전에 하고 싶은 일 리스트를 네가 대신 실행해주었으면 좋겠다고.

* * *

와타라세 마미즈는 발광병이라는 불치병에 걸린 소녀다.

그런 마미즈의 「죽기 전에 하고 싶은 일」 리스트를 대신 실천한다. 그것이 마미즈가 나에게 내준 숙제였다.

외출이 금지된 마미즈를 대신해서 내가 그 리스트를 하나씩 실행에 옮긴다. 그리고 무슨 일이 있었고 어떤 경험을 했는지를 마미즈에게 들려준다. 그게 요즘의 내 일과였다.

마미즈의 죽기 전에 하고 싶은 일 리스트 중에는 진지한 소망뿐만 아니라 황당무계한 소원도 많았다. 이를테면 이혼한 아빠를 만나고 와달라는 부탁은 굉장히 진지해서 부담이 컸다. 그런 항목에 비하면 번지 점프를 해보고 싶다는 식의 자질구레한 소원을 들어주는 게 그나마 마음

편했다. 그렇게 생각하면서도 한편으로는 왠지 사기당하는 기분이 들 때도 있었다.

4월에 처음 마미즈를 만난 후로 어느새 몇 달이 흘렀다.

여름 방학이 시작되어 내 시간이 늘어나자, 마미즈가 요구하는 「죽기 전에 하고 싶은 일」의 양도 늘어갔다.

약간 긴장한 상태로 미리 예약해둔 시내 미용실로 들어갔다. 평소에 다니는 단골 미용실과는 다른 가게였다.

지금부터 꽤나 창피한 짓을 해야 한다. 자칫하면 다시는 이 미용실에 발을 들여놓지 못하게 될 수도 있었다.

· 미용실에서 잡지 표지를 가리키며 「이 사람하고 똑같이 해주세요.」라고 부탁한다.

유치하기 짝이 없는 소원이었다. 정말 그게 죽기 전에 하고 싶은 일 맞아? 그냥 날 골탕 먹이려는 거 아니야? 하고 따지고 싶을 정도였다.

아무튼 그런 사정으로 한 번도 와본 적 없는 미용실을 골랐건만, 내 단골 미용실하고는 뭔가 분위기가 달랐다.

자세히 알아보지도 않고 인터넷으로 예약한 게 실수였는지도 모른다.

우선 넓었다. 머리를 손질하는 자리가 열 개쯤 되었다. 직원 수도 월등히 많았다. 몇 명인지 한눈에 파악하지는 못했지만, 어림잡아 열 명 가까이 되는 눈치였다. 내가 늘 다니는 동네 미용실은 사장님까지 해서 많아 봐야 세 명이니 꽤 차이가 났다.

게다가 세련됐다. 뭔가 신경 좀 쓴 느낌이 풀풀 나는 인테리어로 사방을 도배하다시피 했다. 매장 분위기뿐만 아니라 직원들도 전부 젊고 패셔너블했다. 이용객들도 젊은 여성이 많았다. 전체적으로 잘 꾸며놓은 인상을 풍기는 가게였다.

그 자체는 상관없지만, 이런 미용실이 있는 거야 상관없지만…… 하필 이럴 때 찾아올 곳은 못 되는 게 아닐까. 나는 내 선택을 다소 후회했다.

거울 앞자리로 안내한 직원이 잠시 기다리라며 잡지를 건네주었다. 팔랑팔랑 넘겨보았다. 쫙 빼입은 모델들의 사진이 눈에 들어왔다.

"저희 가게는 처음이시죠? 어떻게 해드릴까요?"

그 말에 놀라 고개를 들었다. 거울을 보니 갈색 머리에 곱슬곱슬하게 펌을 한 남자 미용사가 서 있었다. 미용사가 입은 옷과 내 옷을 비교해보았다. 미묘하게 비슷했다. 나는 포켓이 달린 민무늬 티셔츠를 입고 있었다. 하지만 내가 입은 싸구려 티셔츠와 달리 미용사가 입은 옷은 브랜드처럼 보였다. 같은 티셔츠라도 멋 낼 줄 아는 사람이 입으면 부티가 나는지도 모른다. 왠지 초라해지는 느낌에 나는 약간 주눅이 들었다.

갑자기 볼일이 생각났는데요, 가도 될까요?

그렇게 묻고픈 충동을 애써 억누르고 각오를 다졌다.

"이거랑 똑같이 해주세요."

제대로 보지도 않고 들고 있던 잡지 표지를 장식한 남자를 가리켰다. 다행히 검은 머리인 데다 엄청나게 기발한 헤어스타일은 아니었다.

"아아, 네. 알겠습니다."

미용사가 웃음을 참는 듯한 느낌이 드는 건 내 기분 탓일까?

……기분 탓이라고 여기기로 했다.

샴푸를 마치고 돌아오자 미용사는 잡담을 늘어놓으려고 했지만, 더는 제 무덤을 파고 싶지 않았던 나는 "요새 제가 명상에 취미를 붙여서요. 지금부터 명상 좀 할게요."라는 무성의한 핑계를 대고 대화를 차단했다. 눈을 감고 마음대로 자르도록 내버려 두었다. 눈을 뜰 마음은 나지 않았다.

"다 됐습니다."

한 시간도 채 못 되어 미용사가 말했다. 나는 쭈뼛쭈뼛 눈을 떴다.

"……그냥 평범하네요."

맥이 빠졌다. 표지 사진과 내 머리스타일을 비교해보았다. 얼추 비슷하다면 비슷하기는 했다. 완전히 다르다고 항의할 정도는 아니지만…… 뭔가 달랐다. 하지만 뭐가 다른지 설명하기는 힘들었다. 단지 오라가, 오라가 없었다. 세련된 오라라고는 눈을 씻고 봐도 없었다.

"너무 확 바꿔도 좀 그러니까요."

좀 그렇다니 뭐가 어떻다는 거냐고 생각했지만, 반박할 기운도 나지 않았다. 커트를 마치고 평소에는 쓰지 않는 왁스로 스타일링을 해주었으나 역시 크게 달라진 느낌은 없었다. 인터넷 예약 첫 방문 할인을 받아 4천5백 엔을 내고 미용실을 나섰다.

평소처럼 병실로 들어가니 마미즈는 노트에 뭔가를 적는 중이었다. 그 노트가 눈에 익었다. 마미즈가 죽기 전에 하고 싶은 일 리스트를 작성하는 노트였다.

"또 새로운 게 생각났어?"

나는 약간 질린 기분으로 마미즈에게 물었다.

"어서 와, 타쿠야."

마미즈는 흘끗 이쪽을 곁눈질했지만, 작업에 열중한 상태인지 도로 노트 쪽으로 관심을 돌려버렸다.

"뭔가 눈치챈 거 없어?"

나는 머리카락을 가볍게 만지작거리며 다시 마미즈에게 물었다. 헤어 왁스의 끈적한 촉감이 영 어색하기만 했다.

"응?"

마미즈는 최소한의 사회성을 발휘했는지 내키지 않는 기색으로나마 노트에서 눈을 들고 나를 빤히 쳐다보았다.

"평소하고 달라진 거 없냐고."

"달라진 거? 글쎄……? 아, 혹시 혈액형 바뀌었어?"

"바뀌었을 리가 없잖아."

내 헤어스타일 변화를 알아차린 기색은 눈곱만큼도 없었다.

"골수이식을 하면 바뀌기도 한대."

"그런 잡지식, 필요 없거든……?"

어이없어하며 대꾸하자, 마미즈가 갑자기 뭔가 깨달았다는 듯 불쑥 침대에서 내려섰다. 내가 당황해하는 사이, 마미즈가 까치발로 서더니 고개를 들어 나를 가만히 응시했다.

"뭐 하는 거야?"

거리가 너무 가까웠다. 쑥스러움을 감추려 한 탓인지, 의도했던 것보다 더 험악한 목소리가 나와 버리고 말았다.

"타쿠야, 너 키 컸어?"

맥이 탁 빠져 다리 힘이 풀릴 뻔했다. 자기가 한 말도 기억 못 하냐고 한 소리 하려다 말았다. 설명하면 할수록 나만 더 비참해지는 패턴임을 깨달았기 때문이다.

"응, 맞아. 컸네. 아직 한창 성장기구나."

그렇게 말한 마미즈는 우리 둘의 키 차이만큼 손바닥을 펼쳐 보였다.

"언젠가 내 손으로는 따라잡을 수 없게 되려나?"

검지와 중지, 약지를 접고 곧추세운 엄지와 새끼손가락 사이의 간격을 보여주면서 마미즈는 다시 말을 이었다.

"내가 죽고 난 후에도 계속 자랄지도 모르겠네."

그리고 그 손을 나비처럼 살랑살랑 흔들며 덧붙였다.

"그때 타쿠야 넌 뭘 하고 있을까?"

"……그 정도로 크면 농구라도 하지 뭐."

딱히 큰 키에 로망이 있는 것도 아니고. 그렇게 생각하며 나는 짤막하게 대꾸했다.

＊＊＊

결국 언젠가는 손이 닿지 않는 곳으로 가버리고 만다.

어차피 영원히 함께 있을 수도 없는 일이다.

그 정도는 나도 안다. 안다고 생각했다.

아는데도 난 왜 자꾸만 타쿠야에게 관여하고 마는 걸까? 나도 내 마음을 잘 모르겠다.

어딘가에서 종지부를 찍어야 한다고 생각하기는 한다. 사실 그렇지 않은가. 계속 이런 식으로 질질 끌 수는 없다.

난 평범한 고등학생이 아니니까.

곧 죽을 사람이니까.

마지막까지 타쿠야를 끌어들일 수는 없다.

적당한 시점에서 대판 싸우는 편이 나을지도 모른다. 그래서 피차 다시는 꼴도 보기 싫다고 여기게 되는 게 최선의 결말이겠지.

정말 그럴까? 내 안의 또 다른 내가 그렇게 물어 왔다.

여름 방학 시즌이라고 해서 내 생활이 크게 바뀌지는 않았다. 당연한 일이다. 명색은 고등학생이지만 환자다 보니 매일이 방학이나 다름없기 때문이다. 다람쥐 쳇바퀴 돌듯 변화 없는 일상이 반복되었다.

다만 타쿠야는 거의 매일 출근 도장을 찍다시피 병실에 들러주었다. 만나는 횟수가 늘어나고 타쿠야가 내 「죽기 전에 하고 싶은 일」을 하나씩 실행해나가면서 우리의 관계도 미묘하게 달라져갔다. 적어도 지금은 초반처럼 거리감을 가늠하며 어색하게 대하는 느낌은 없다. 조금 더 허

물없지만 어떻게 표현하면 좋을지 정의하기 힘든 사이다.

내가 먼저 말을 꺼내기는 했지만, 설마 타쿠야가 이렇게까지 내 변덕을 받아줄 줄은 몰랐다.

내가 죽기 전에 하고 싶은 일을 타쿠야가 대행한다는 것도 따지고 보면 황당하기 짝이 없는 이야기다. 타쿠야에게는 아무런 이득도 없다. 참 용케 이런 성가신 부탁을 들어주는구나 싶을 정도다. 혹시 마음씨가 비단결처럼 고운 걸까? 성인군자가 따로 없을 만큼.

한때는 그렇게 생각했던 시기도 있었지만, 이윽고 그게 아니라는 사실을 깨달았다. 타쿠야는 그렇게 인간미 넘치는 타입처럼 보이지는 않았다. 예를 들어 내가 죽으면 가장 먼저 울어줄 사람과는 가장 거리가 먼 사람이 바로 타쿠야다.

그렇다고 단순히 차가운 성격이라는 소리는 아니다. 언뜻 보면 그냥 평범한 고등학생 같은데 그런 식의 평범함이 제거된 느낌이 나는 신기한 아이였다.

그런 타쿠야가 옆에 있을 때만 마음이 편해지는 나도 어쩌면 조금은 이상한지도 모르겠다.

타쿠야가 "또 뭐 할 거 있어?"라고 너무나 당연한 질문을 던지듯 내게 물어 왔다.

이제 다시는 날 만나러 오지 말아줘.

그렇게 대답하면 타쿠야는 어떤 반응을 보일까?

하지만 나는 계속 그 말을 꺼내지 못하고 있었다.

"으음, 이번에는……."

나는 평소처럼 노트 페이지를 넘겼다. 되도록 시시한 부탁이 좋겠다. 우울해지지 않을 만한, 심각함과는 담쌓은 황당무계한 소원을 고르자. 진지한 게 아니라 장난치는 거라고 생각해주기를 바라니까.

그래서 나한테 정이 뚝 떨어졌으면 좋겠다. 넌덜머리가 나서 다시는 상관하고 싶지 않다고 타쿠야 쪽에서 먼저 발길을 끊어줬으면 좋겠다.

"아, 맞다. 나 노래방에서 목이 쉬도록 열창해보고 싶어. 그런 청춘을 누려보지 못했으니까. 타쿠야, 나 대신 노래방에서 죽어라 노래하고 와. 그리고 어떻게 되는지 알려줘."

내 억지스러운 요구에 뭔가 불만을 토로하려나 했지만, 의외로 타쿠야는 별 반응이 없었다. 그저 알았다고만 대답했을 뿐이었다.

대체 무슨 생각일까? 날 어떻게 생각하는 걸까?

그런 것들이 어쩐지 약간 신경 쓰였다.

타쿠야한테는 여자 친구가 있을까? 있다면 어떤 사람일까?

그러고 보니 타쿠야는 이번 방학에 메이드 카페에서 아르바이트를 시작했다. 그것도 따지고 보면 원래 내가 메이드 카페에서 일해보고 싶어 했기 때문에, 내가 죽기 전에 하고 싶은 일 중에 하나였기 때문이다.

내 기억이 맞다면 아마 같이 아르바이트하는 누나랑 친해졌을 터였다. 예전에 사진을 보여준 적이 있다.

어떤 관계이려려나? 둘이 사귀려나?

그렇게 생각한 순간 왠지 가슴에 아릿한 통증이 일었다. 하지만 그 통증의 정체가 무엇인지 깊이 생각해볼 마음은 나지 않았다.

밤이 오자 하늘에 달이 떠올랐다. 왠지 잠이 오지 않아 나는 침대에서 내려와 창가에 섰다. 같은 방을 쓰는 사람을 깨우지 않게 조심하며 살며시 창문을 열었다. 나른한 바람이 불어와 내 머리카락을 휘날렸다. 나는 몸을 창틀 바깥으로 내밀고 바깥세상을 내다보았다.

다음에는 뭘 할까?

아니, 타쿠야한테 뭘 시킬까?

죽기 전에 하고 싶은 일은 끊임없이 떠올랐다. 신기했다. 세상에 대한 집착을, 기대를 끊어낼 작정으로 시작한 일이었는데 상황은 오히려 그 반대로 돌아갔다.

나는 요새 어쩐지 조금 즐거웠다.

타쿠야와 함께 보낼 시간이 조금만 더 주어졌으면 좋겠다는 생각이 들었다.

삶에 대한 집착이 점점 커져가는 것에 놀라게 된다.

이래도 되는 걸까?

삶에서 즐거움을 느끼기 시작하는 내 모습을 발견했다.

어느새 죽고 싶지 않다는 생각이 들기 시작했다. 그 사실을 깨닫고 경악했다.

난 죽을 사람인데.

헛바람이 들면 안 돼. 나는 황급히 마음을 다잡았다.

죽음은 내 곁을 맴돌며 언제나 나를 냉정하게 만들었다.

머지않아 죽는다는 사실을 잊지 마.

그 점을 지적당하면 나는 더 이상 아무것도 하지 못하고 그저 입을 다무는 수밖에 없었다.

"남자 친구, 슬슬 도착할 거야."

오카자키 간호사의 말에 고개를 들었다.

"아까 언덕길을 올라오는 걸 봤거든."

주삿바늘을 내 팔에 꽂으며 오카자키 간호사는 무심한 표정으로 설명했다. 여기서 그런 사이 아니라고 부정하자니 그것도 뭔가 식상하게 느껴졌다.

"남자 친구처럼 보여요?"

"아니야?"

오카자키 간호사는 내 주(主) 담당 간호사지만, 필요 이상으로 개인적인 질문은 하지 않았다. 그래서 나도 타쿠야에 관해서는 그냥 학교 동급생이라는 정도만 설명해두었다.

"그럼 뭔데?"

"으음……. 그런 알기 쉬운 관계로 규정당하고 싶지 않은 미묘한 사이라고 대답하면 화내실 거예요?"

"10대라면 봐줄 수도 있어."

"그럼 봐주세요."

채혈을 마친 오카자키 간호사가 내게 손거울을 내밀었다.

"머리, 헝클어졌어."

그 말에 거울을 보았다. 내 얼굴은 여전히 새하얘서 건강미라고는 찾아볼 수 없었다.

"저요, 혹시 귀신같아요?"

흐트러진 머리카락을 정돈하며 물었다.

"예쁜 얼굴인데."

"얼굴인데……?"

"그러니까 자신감을 가지라고."

오카자키 간호사는 손거울을 도로 가져가더니 내 얼굴

을 뚫어지게 쳐다보았다.

"뭐 묻었어요?"

"만나기 전에 외모를 신경 쓰게 되는 상대이기는 하다는 거네?"

그 말을 하고 싶어서 일부러 거울을 빌려준 건가? 왠지 미묘하게 속아 넘어간 기분이 들어 찜찜했다. 나도 일단은 10대고 나름대로 자의식 과잉에다 상대가 누가 됐든 외모 정도는 신경 쓰는데 말이지. 그렇다고 쑥스러워하는 것도 우습다는 생각에 나는 직설적으로 대답했다.

"네."

그러자 왠지 오카자키 간호사가 살짝 쑥스러운 기색을 내비쳤다. 그리고 "아, 아무튼 힘내렴."이라는 말을 끝으로 병실을 빠져나갔다.

그러자 교대하듯 타쿠야가 들어왔다.

간담이 서늘했다.

들었을까?

그런 불안감이 앞서는 바람에 섣불리 말을 걸 수가 없었다.

그런데 오늘따라 타쿠야도 뭔가 이상했다.

어찌 된 영문인지 도무지 입을 열 기미가 없었다.

병실에 들어왔을 때부터 눈이 마주쳤는데도 꿀 먹은 벙

어리처럼 한마디도 하지 않았다. 침대 옆으로 다가와서도 마찬가지였다. 이상하다. 왜 저러지?

"안녕?"

기다리다 지쳐서 먼저 말을 걸었다. 하지만 타쿠야는 무표정한 얼굴로 이쪽을 빤히 응시할 뿐 여전히 묵묵부답이었다. 조바심이 났다. 기분이 안 좋은가? 뭔가 화났나? 짚이는 구석이 있다고 하면 있는 듯한 기분도 들었지만, 역시 없었다.

"저기, 뭐든 말 좀 해봐."

이 정도로 아무 말도 안 하면 어떡해야 좋을지 막막해지기 마련이다. 시험 삼아 손을 흔들어봤지만, 타쿠야는 마치 저주를 받아 목소리를 잃어버린 사람처럼 침묵을 지켰다.

어떡하지?

"뭐 하고 싶은 말이라도 있어?"

입술과 목소리가 떨리지 않도록 주의하며 물었다.

"말을 안 하면 알 수가 없잖아."

내 재촉에도 타쿠야는 말이 없었다.

뭔가 꺼내기 힘든 이야기를 하려는 걸까?

이를테면 앞으로는 만나러 오지 않겠다든가.

나는 불안을 억누르며 가급적 담담한 목소리로 말을 이

었다.

"할 말 있으면 제대로 해."

나는 지금 내가 의도한 분위기로 똑바로 이야기하고 있는 걸까?

"머하?"

깜짝 놀랄 만큼 갈라지고 쉰 목소리로 타쿠야가 불쑥 입을 열었다.

"……목소리가 왜 그래?"

나는 당연한 질문을 던졌다.

"노해방해서 노해를 너무 마히 불러허."

꼭 판타지 영화에 나오는 늙은 마법사 같은 목소리였다. 웃음밖에 나오지 않았다.

"……우슬게 펀하니카, 마하기 시허타고."

아무래도 노래방에서 목이 쉬도록 열창한다는 내 「죽기 전에 하고 싶은 일」을 실천에 옮긴 결과 저 꼴이 된 모양이었다.

못 말린다고 생각하면서도 나는 어쩐지 마음이 놓였다.

"몇 시간을 불렀는데 그렇게 된 거야?"

"열후 히간."

"심했다."

타쿠야는 가끔 내 요구를 지나칠 정도로 성실하게 들어

줄 때가 있었다. 그 결과 저렇게 우스꽝스러운 상황이 벌어지기도 했다.

그날 타쿠야는 말하기가 힘든지 그 후로도 거의 입을 열지 않았다. 내가 하는 말에 잠자코 맞장구를 칠 뿐 제대로 대화를 나눌 수 있는 상태가 아닌 눈치였다. 혹시 오로지 저 웃긴 목소리를 내게 들려주려고 일부러 여기까지 와준 걸까?

창문으로 새어든 여름 햇살이 타쿠야를 비추어 뚜렷한 음영을 만들어냈다. 다소 의욕이 없어 보이고 속내를 알기 힘들지만, 왠지는 몰라도 나를 소중하게 대해준다.

타쿠야는 나를 어떻게 생각할까?

묻고 싶지만 물어볼 수가 없다.

역시 물어보면 안 될 것 같은 기분이 든다.

만약 타쿠야와 내가 이런 식이 아니라 더 평범하게, 같은 반 학생으로 병실이 아닌 교실에서 만났더라면 뭔가 달라졌을까? 만일 내가 아프지 않은 보통 고등학생이었더라면.

하굣길에 근처 카페에 들러서 잠깐이나마 함께 더위를 피하기도 했을까?

나는 그렇게 이제는 실현될 수 없는 가능성을 떠올렸다. 그리고 지금의 내 인생에서는 결코 이루어질 리 없는 백일몽 같은 가능성 또한 사람의 삶을 형성하는 요소의 하나임을 깨달았다.

　죽고 싶지 않다고 생각했다.

　사실은 더 오랫동안 타쿠야와 함께 있고 싶다.

　이 마음은 무덤까지 안고 가자고 다짐하며 나는 입을 다물었다.

━

첫사랑의

망령

At first sight

첫사랑이었다—.

내가 와타라세 마미즈를 처음 만난 것은 중학교 입학 시험장에서였다.

당시 우리 부모님은 아직 순진한 구석이 있어서 다소나마 내게 기대를 품고 있었던 모양이다. 왜냐하면 내 형 카야마 마사타카가 워낙 잘난 인간이었기 때문이다. 마사타카 형의 대단함은 그야말로 독보적인 수준이었다. 재수 없는 스포츠맨 스타일인데 공부도 잘했다. 소위 수업만 들어도 100점을 맞아 오는 타입이라고나 할까.

그렇게 재수 없는 마사타카 형은 초등학생 주제에 별다른 불평도 없이 담담하게 입시 학원에 다닌 끝에 수재들만 모인 명문 사립 중고등학교에 합격했다. 그런 형의 성공을 옆에서 지켜본 부모님은 아무래도 뭔가 단단히 착각을 한 눈치였다. 즉 나도 형을 닮지 않았을까 지레짐작한 것이다. 그래서 나도 초등학생 때부터 학원에 다니며 사립 중고 일관교(一貫校)[#1] 입시를 치러야 하는 신세가 되

#1 중고 일관교 중학교 학생들이 그대로 같은 재단 내의 고등학교로 진학하는 시스템을 지닌 학교.

고 말았다.

그러나 나는 하필 시험 전날 고열로 앓아누웠다. 독감이었다. 하지만 시험을 포기할 생각은 눈곱만큼도 없었다. 반쯤 타의로 준비한 입시지만, 여태까지 해온 게 있으니 시험은 어떻게든 꼭 치르고 싶었다.

그래서 나는 아픈 몸을 끌고 시험을 보러 갔다. 그러나 시험 장소인 중학교 교실에 도착했을 때는 이미 몸을 가누기도 힘들 지경이었고 머릿속도 몽롱했다. 열심히 외운 시시한 공식들도 전혀 생각이 나지 않았다.

1교시 시험 과목은 수학이었다. 문제를 읽어도 내용이 머리에 들어오지 않았다. 해독 불가능한 암호문으로만 보였다. 이젠 다 끝장이야. 나는 절망에 빠졌다. 시험 시간이 끝났음을 알리는 감독관의 목소리가 들려왔을 때, 나는 문제를 절반도 채 풀지 못한 상태였다.

나는 지금까지 뭘 위해서 노력해온 걸까?

2교시 시작 전에 잠시 쉬는 시간이 주어졌다. 화장실에 가서 토했다. 컨디션이 엉망이라 빈속으로 시험을 보러 왔기에 별로 나오는 것도 없었지만, 시큼한 위액이 끊임없이 올라와 속이 메슥거렸다.

끔찍한 기분으로 비틀비틀 교실로 돌아왔다. 교실 문턱에 발이 걸렸다. 뒤이어 나는 꼴사납게 교실 바닥에 고꾸

라지고 말았다.

모두가 꺼림칙한 얼굴로 나를 쳐다보았다. 무표정하게 힐끗 보더니 바로 책상 위의 참고서로 눈길을 돌려버리는 녀석도 있었다. 내 알 바 아니야. 그런 마음속의 목소리가 들려오는 것 같았다.

그런 와중에 유일하게 내게 다가와 준 사람이 있었다.

"괜찮아?"

여자아이였다. 그 음성에 연민의 빛은 없었다. 그렇다고 차가운 느낌이 나지도 않았다. 그저 한없이 자연스러운 목소리였다.

그리고 보았다.

소녀의 얼굴을.

그것이 내 첫사랑의 시작이었다.

첫눈에 반해버린 느낌이었다.

소녀는 걱정스러운 기색으로 나를 바라보았다.

"보건실 가자. 같이 가줄게."

그 권유에 따를 수는 없었다. 나는 교실에 남아서 시험을 마저 치고 싶었기 때문이다.

곧 2교시가 시작된다. 나를 보건실에 데려다주면 그녀도 때맞춰 시험을 치르지 못하게 된다. 짧게는 몇 분, 길게는 몇십 분을 손해 볼 수도 있는 상황이었다.

　그런데도 거리낌 없이 그렇게 제안해 온 소녀에게 나는 조금 감탄했다. 그리고 아무런 계산도 없이 내민 그 하얀 손에 그만 놀라고 말았다.

　"아니야, 됐어. 이 시험, 꼭 치르고 싶거든."

　나는 그렇게 대답하고 그녀의 손을 잡기를 거부했다.

　"그럼…… 힘내자. 같이 합격해서, 반드시 입학식에서 보는 거야. 알았지?"

　소녀는 그렇게 말하고 내게 살짝 미소 지어 보였다.

　결론부터 말하면 그날 나는 가까스로 무사히 시험을 마치는 데 성공했다. 나를 지탱해준 것은 내게 손을 내밀어준 여자아이, 이름조차 모르는 소녀의 격려였다.

　시험에 합격하려 발버둥 치는 이유는 여태까지의 노력을 물거품으로 만들 수 없다는 오기에서 꼭 그 아이와 같은 학교에 다니고 싶다는 의지로 변했다. 그 희망을 유일한 버팀목으로 삼아 나는 끈기 있게 문제를 풀어나갔다.

　몇 주 후, 약간 두툼한 봉투에 담긴 합격 통지서가 도착했다. 나는 진심으로 기뻤다. 4월이 되면 다시 그 소녀를 만날 수 있다고 생각했기 때문이다. 그녀도 합격했다는 보장은 어디에도 없었지만, 나는 어릴 때부터 낙천적인 성격이었으므로 근거도 없이 분명히 합격했을 거라고 믿었다.

예상대로 입학식장에는 그 소녀가 있었다.

운명이라고 느꼈다.

그리고 나는 상상했다.

머릿속에 그려보았다. 그녀에게 말을 거는 내 모습을.

안면을 트고 그날은 고마웠다고 이야기한다. 그렇게 점점 친해져서 같은 동아리에 들어가는 것도 나쁘지 않겠지. 그녀가 합창부에 들어간다면 설령 얼간이처럼 동요를 불러야 한다 해도 상관없다.

정확히 언제가 될지는 모르지만 대충 여름 방학 전쯤이 좋겠다. 데이트 신청을 하자. 장소는 어디든 상관없다. 영화관이나 놀이공원도 괜찮고, 그 애가 원한다면 동물원에서 관심도 없는 원숭이와 사자를 멍하니 구경해도 된다.

그러나 나는 그때 그녀에게 말을 걸지 못했다. 당연하다. 상식적으로 생각해도 한창 입학식이 거행되는 와중에 옆 반 여학생에게 말을 붙이기는 쉽지 않다.

하지만 이제 와서 생각해보면 그때 그런 미친 짓을 저질러도 괜찮지 않았을까 싶다. 교장의 지루한 연설 도중에 벌떡 일어서서 말했더라면 좋았을지도 모른다. 「아직 네 이름도 모르지만 지금부터 우리 같이 어딘가 놀러 가지 않을래?」라고.

"이름? 후카미 마미즈."

합동 체육 시간에 소녀에 관해 넌지시 물어보자, 옆 반 남학생이 그렇게 알려주었다.

"근데 왜? 카야마 너 걔한테 관심 있어?"

입학식 날로부터 며칠이 흘렀지만, 나는 여전히 그녀에게 말을 걸지 못했다.

"아니, 딱히 그런 건 아닌데⋯⋯."

"걔 우리 반에서 꽤 인기 있어."

옆 반 남학생은 왠지 희희낙락하며 그녀에 관한 정보를 이것저것 알려주었다.

"동아리는 안 한대?"

그녀와 나 사이에는 아무 접점이 없었다. 체육 수업은 옆 반과 합동으로 진행하지만, 남녀가 따로 수업을 받다 보니 좀처럼 자연스럽게 이야기를 나눌 만한 기회가 생기지 않았다.

"저번에 운동부에 들어가고 싶다고 우리 반 여자애들하고 이야기하던데."

"그거 의외네."

언뜻 보기에는 스포츠를 즐길 듯한 인상은 아니었다.

굳이 따지자면 문화 교양 쪽 동아리에 들어가는 게 더 어울릴 법한 이미지였다.

"근데 햇볕에 타는 게 싫대."

서두를 필요 없다고 나 자신을 타일렀다. 오히려 성급하게 굴다가 실수하는 게 더 문제였다.

"참, 맞다. 걔 몸이 약하다더라."

"그래?"

나는 건성으로 대꾸했다. 그때는 아직 그게 그렇게 심각한 문제가 될 줄은 몰랐다.

입학한 지 얼마 안 되었을 때부터 그녀는 서서히 학교를 빠지기 시작했다.

옆 반 남학생에게 물어보니 계속 몸이 안 좋다는데 정확한 원인은 모르는 것 같더라고 했다. 정신적인 문제 아니냐고 수군거리는 애들도 있는 눈치였다.

정신적인 문제? 그런 이유로 등교 거부를 할 타입이란 말인가? 그렇게 유약한 성격이라고는 생각되지 않았다. 생명력 넘치는 강하고 꿋꿋한 아이처럼 보였다.

그녀가 학교에 나오는 빈도는 점점 줄어들어 갔다.

그렇게 시간이 흘러 후카미 마미즈가 2주일 만에 학교

에 나온 날, 나는 오늘이야말로 기필코 말을 걸고야 말겠다고 벼르며 그녀의 동태를 살폈다. 하지만 용기가 나지 않아 방과 후까지 별다른 행동을 취하지 못했다. 수업이 끝나고 서둘러 교실을 나서자 어디론가 향하는 그녀의 뒷모습이 보였다. 나는 아무 생각 없이 그 뒤를 밟았다.

행선지는 방과 후의 인적 없는 도서실이었다.

그녀는 혼자 묵묵히 책을 읽기 시작했다.

도서실은 조용했고 떠드는 사람도 없어 가볍게 말을 걸기에는 상당히 부담스러운 분위기였다. 그래서 나는 만화 코너에 있던 오래된 만화책을 읽는 척하며 줄곧 그 애를 관찰했다.

그녀의 눈에는 살짝 눈물이 고인 것처럼 보였다. 그렇게 슬픈 책인가?

그날 읽기 시작한 게 아닌지 페이지는 이미 끝부분을 향해 가고 있었다. 이윽고 책을 덮은 그녀는 고개를 들고 한동안 멍하니 앉아 있었다. 그러다 그 책을 도로 책장에 꽂아놓고 도서실을 나섰다.

잠시 망설였다. 따라가서 말을 걸어야 하나? 하지만 그보다 그녀가 어떤 책을 좋아하는지에 더 관심이 생겼다.

그녀가 좋아하는 책을 알아내 대화의 실마리로 삼자는 계획이 떠올랐기 때문이다. 그 발상에 나는 살짝 도취되었다.

서가로 가서 그 책을 찾았다. 표지와 책등의 느낌을 단서로 곧 찾아낼 수 있었다. 시즈사와 소우의 『한 줄기 빛』이었다. 팔랑팔랑 페이지를 넘겨보았다. 어쩐지 따분해 보이는 책이었다. 병에 걸린 남자가 주인공 같다는 것만 대강 짐작이 갔다. 별로 가슴 설레는 이야기처럼 보이지는 않았다. 액션 신도 없을 것 같고 말이지.

그 이튿날부터 후카미 마미즈는 마침내 아예 학교에 나오지 않게 되었다.

얼마 후 마미즈가 아프다는 소문이 학년 전체로 퍼져나갔다. 발광병이래. 누군가 말했다. 그 말에 나는 문득 깨달았다. 도서실에 가서 다시 『한 줄기 빛』을 펼쳐보았다. 그 소설에는 발광병에 걸린 남자가 등장했다. 나는 도서실에서 그 책을 빌리기로 했다.

잘 읽히지는 않았지만 어찌어찌 읽었다. 스토리는 단순했다. 발광병을 앓던 남자가 병원에서 죽는 이야기. 한 줄로 설명할 수 있는 내용이었다. 인터넷에 발광병을 검색해보았다. 치료법은 없고 일단 발병하면 그 후에는 죽음을 기다리는 수밖에 없다고 했다.

헛소리 작작 하라고 생각했다. 그녀가 죽는다고? 좀처

럼 현실감이 느껴지지 않는 이야기였다. 아직 어린 나이다. 고작 중학교 1학년이다. 죽을 각오 따위 전혀 되어 있지 않다. 그 인생은 이제부터 시작인 셈이나 마찬가지다. 그런데 죽는다니?

뭔가 잘못 안 것이기를 바랐고 또 그렇게 믿고 싶었다. 나는 그녀가 죽는다는 사실을 도저히 받아들일 수가 없었다.

어디까지나 소문일 뿐이다. 누군가 정확한 사실을 알려 준 것도 아니다. 다른 병일 가능성도 얼마든지 있지 않은가. 그녀는 언젠가 반드시 학교에 나올 것이다.

하지만 나에게도 내 인생이 있었다. 중학교 1학년인 내게 1년은 긴 시간이었다. 그저 그녀가 학교로 돌아오기만을 하염없이 기다리기에는 그 시간은 너무나도 길었다.

그녀가 없는 학교는 사진 보정 앱으로 기묘한 필터를 씌우기라도 한 것처럼 어딘가 빛바래고 칙칙해 보였다.

나는 일단 동아리 활동을 시작해보기로 했다. 열심히 몸을 움직이다 보면 그 애 생각이 나서 애태우는 일이 줄어들지 않을까 싶어서였다. 그래서 농구부에 들어갔다. 어떤 운동이든 상관없었지만, 나도 햇볕에 타는 건 썩 내키지 않았기 때문이다.

그렇게 지루한 나날을 견디며 그녀가 학교로 돌아올 날을 손꼽아 기다렸지만, 그런 날은 끝내 오지 않았다.

그녀가 입원하고 나서 조금 심각한 사건이 일어났다.

마사타카 형이 교통사고로 죽은 것이다.

내가 중학교 1학년 때였다. 특이한 구석이라고는 전혀 없는 평범한 교통사고였다. 경트럭이 신호를 무시하고 인적 없는 횡단보도로 돌진해 마사타카 형을 들이받았다. 공중으로 떠오른 형의 몸은 그대로 도로에 내동댕이쳐져 두개골 함몰과 전신 타박으로 즉사했다. 사고를 당한 형의 몸은 엉망진창이었다고 한다. 전해 들은 이야기처럼 말하는 까닭은 부모님이 내게 그런 형의 모습을 보여주지 않았기 때문이다.

형은 죽기 전에 마지막으로 무슨 생각을 했을까? 나는 가끔 멍하니 그런 생각에 빠져들고는 했다. 트럭에 치여 바닥에 떨어져 죽을 때까지의 몇 초 동안 어떤 생각을 했을까? 아프다든가 죽기 싫다든가 뭐 그런 거였을까? 인간이 죽음을 앞두고 할 수 있는 생각이라고는 기껏해야 그 정도가 다일지도 모른다. 하지만 그래서야 벌레나 동물과 무슨 차이가 있단 말인가?

딱히 마사타카 형이 죽었기 때문만은 아니지만, 나는 언제부터인가 인생은 공허하다고 여기게 되었다.

후카미 마미즈만 해도 그녀가 정말 발광병이라면 언젠

가 죽고 말 테지.

삶이란 공허하고 무의미하고 무가치하다. 마사타카 형처럼 내일 당장 죽는다 할지라도 불평 한마디 할 수 없다. 그딴 것에 필사적이 되다니 바보 같지 않은가. 그렇게 생각하게 되었다.

그러고 보면 당시 마사타카 형에게는 여자 친구가 있었다. 이름은 오카다 메이코라고 했다. 꽤 예쁜 여자 친구였다. 그 여자는 형의 장례식에서 울었다. 조용히, 소리도 없이 그저 뚝뚝 눈물만 흘려서 나는 그 모습을 보고 어쩐지 바보 같다고 생각했다. 잘도 저렇게 눈물이 나는구나 싶어 감탄했을 정도다.

마사타카 형이 죽은 지 얼마 안 되어 그 여자도 교통사고로 죽었다. 딱히 그 여자에 대해 잘 알았던 것도 아니라서 큰 감흥은 없었지만, 그 이야기를 듣고 뭔가 이상하다고는 생각했다. 교통사고로 죽을 확률은 얼마나 될까? 가까운 사람이 같은 이유로 연달아 죽다니, 그런 일이 그렇게 흔할까? 그런 생각이 스쳐 가기는 했지만 스쳐 가기만 했을 뿐, 더 깊이 생각해보지는 않았다. 생각해봐야 달라질 게 없기 때문이다.

그 이후부터라고 해야 할까, 나는 이미지가 조금 바뀌었다. 확 변했다고 할 정도는 아니지만 조금씩 달라져갔다.

머리를 약간 기르고 옷차림에도 신경을 썼다. 어쩐지 남들에게 얄보이고 싶지 않았다. 나는 다소 경박한 스타일로 변해갔다.

그러면서 서서히 남학생들 사이에서는 겉돌게 되었지만, 여학생 쪽의 반응은 그다지 나쁘지 않았다. 사실 그 까닭은 내가 여학생들의 환심을 사려고 애썼기 때문이다. 한마디로 인기남이 되어보고 싶었다.

그것은 일종의 연습이었다.

후카미 마미즈와 사귀기 위해 미리 경험을 쌓아야겠다고 마음먹은 것이다.

첫 키스를 한 것은 중학교 1학년 때로 상대는 동급생이었다. 결국 그 애와는 2주일쯤 사귀다 헤어졌고 스킨십도 키스와 손잡기, 포옹이 다였지만 그 이듬해 봄에는 첫 경험을 끝마쳤다. 상대는 농구부 선배였다.

"내 어디가 좋아?"

다 끝나고 나서 그 여자 선배가 그렇게 물었다. 나는 말문이 막히고 말았다. 어디가 좋은지 나 자신도 잘 알 수가 없었다. 어쩌면 좋아하지 않는지도 모르겠다고 생각했다.

"글쎄? 연상이라는 점?"

나는 옷매무새를 추스르며 고민 끝에 그렇게 대답했다.

"카야마는 어리광쟁이구나."

핀트가 어긋난 선배의 말에 나는 애매한 미소만 지어 보였다. 아무래도 뭔가 착각을 한 눈치였다. 누나에게 어리광을 부리고픈, 약간 귀염성 있는 연하남이 취향인가? 그런 타입을 연기하면 되려나?

하지만 사실은 그렇지 않았다.

나는 그저 꾀는 보람이 있어서 연상을 선호할 뿐이었다. 그게 동급생을 꾀는 것보다 더 어렵기 때문이었다. 내게 여자관계는 게임이나 다름없었다. 경험치를 쌓으면 레벨이 올라간다. 슬라임만 죽도록 잡아봐야 레벨은 오르지 않는다. 점점 더 강한 적을 쓰러뜨려야 한다. 그런 의미에서 내게 여자란 일종의 적 같은 존재이기도 했다.

그 후 나는 여러 여자를 동시에 닥치는 대로 사귀기로 했다. 여자에도 다양한 타입이 있는데 한 명씩 착실하게 사귀다 보면 금방 지쳐버리기 때문이다. 그러는 사이 나는 한 가지 단순한 법칙을 발견했다.

남들과 친해지려면 내 속을 내보여서는 안 된다.

인간은 누구나 남이 자기 이야기를 들어주길 바란다. 그러므로 대화의 90퍼센트는 맞장구를 치고 상대방을 칭찬하기만 하면 충분하다. 그리고 가끔은 「자기가 듣고 싶은 말」을 상대방이 해주기를 바랄 때도 있다. 따라서 그

희망에 맞추어 말해주기만 하면 그만이다.

아무도 내 진짜 내면에는 관심이 없다. 그저 상대방이 원하는 대로 내 이미지를 살짝 조절해주기만 하면 된다.

실제로도 많은 여자와 잠자리를 하는 데에는 그 정도면 충분했다.

중학교 2학년으로 올라오면서 오카다 타쿠야라는 녀석과 같은 반이 되었다.

마사타카 형의 여자 친구의 동생이 나와 동갑이고 같은 중학교에 다닌다는 이야기는 넌지시 들어서 알고 있었다. 개학 첫날 교실에 들어서자 바로 눈이 마주쳤다.

당연히 오카다도 내가 자기 누나 남자 친구의 동생이라는 사실을 알고 있을 터였다. 날 보는 오카다의 표정에는 뭔가 복잡한 기색이 감돌았다.

그 후에도 교실에 있을 때면 자주 오카다와 시선이 마주치고는 했다. 하지만 따로 이야기를 나누거나 하지는 않았다. 오카다는 원래 교실에서는 말수가 많지 않은 타입이고 그 점은 나도 마찬가지였다. 우리는 둘 다 적극적으로 친구를 만들거나 남에게 말을 거는 성격이 아니었다. 그런 면에서는 비슷한 구석이 있었지만, 공통점이 있는 것과 친해지는 것은 별개의 문제였다.

오카다와 나는 한동안 별다른 접점 없이 지냈다. 그래도 가끔 학교 일로 프린트를 건네주거나 체육 시간에 필요한 도구를 전달해야 하는 경우가 있었다. 그럴 때면 우리 둘 사이에는 뭔가 미묘하게 긴장된 기류가 흐르고는 했다. 그래서 필요 이상으로 과묵하게, 사무적으로 대화를 나누었다. 오카다와 나는 그런 관계였다.

그랬다. 적어도 그날까지는.

그 무렵 툭하면 수업을 빼먹기 일쑤였던 나는 교실 안의 인간관계에 관심이 없었다. 그래서 어찌 된 영문인지 오카다가 어느새 반에서 괴롭힘을 당하는 처지가 되었다는 사실도 뒤늦게야 알아차렸다. 반 전체가 괴롭히는 게 아니라 일부 기세등등한 일진 그룹에게 찍혔는지 가끔씩 툭툭 차이거나 얻어맞거나 했다.

그런 모습을 보고도 나는 별다른 감흥이 없었다. 그냥 재수 없게 걸렸구만 하고 생각하는 게 고작이었다. 저런 식의 집단 괴롭힘이 횡행할 때에 개인이 할 수 있는 일은 많지 않다. 그럴 만큼 친한 사이도 아닐뿐더러 설령 내가 끼어들어 제지한다 해도 결국 역효과만 불러올 게 뻔했다. 뭔가 상황이 나아지리라는 생각은 들지 않았다.

그래도 오카다가 괴롭힘을 당하는 모습을 보면 어쩐지

마음이 편치 않았다. 혹시 나는 그저 죽은 형의 연인의 동생이라는 이유만으로 값싼 동정심을 느끼는 건가? 에이, 설마. 그건 너무 진부하잖아. 내 안의 진부한 감정을 부정하고픈 마음에 나는 곤경에 처한 오카다를 계속 모른 척했다.

그러던 어느 날이었다.

"죽어라! 죽어라!"

쉬는 시간에 교실 창밖 베란다 쪽에서 떠들썩한 함성이 들려왔다. 자세히 보니 그 공격 대상은 다름 아닌 오카다 타쿠야였다. 또 저 짓거리냐. 나는 심드렁한 눈빛으로 베란다 쪽을 바라보았다. 인간은 그다지 창의적인 생물이 못 된다. 그러니 어쩌면 지금 다른 학교의 다른 교실에서도 저것과 똑같은 광경이 펼쳐지고 있을지도 모른다. 내 알 바 아니라는 게 솔직한 심정이었다.

베란다에서 나는 소리는 잘 들리지 않았다. 다만 오카다에게 막말을 퍼붓고 있다는 사실만은 유리창 너머의 교실에도 똑똑히 전해져왔다. 나 말고 다른 아이들 역시 미묘한 무력감에 젖어 그 광경을 묵묵히 바라보기만 했다.

그때 오카다가 느닷없이 베란다 난간 쪽으로 한 발짝 두 발짝 다가섰다. 그리고 곧장 난간을 넘어 반대편으로 뛰어내린 것처럼 보였다. 등골이 오싹했다. 교실에 있는 아이들 모두가 숨을 헉 삼키는 게 느껴졌다. 다행히 창밖에는 아직 오카다의 모습이 보였다. 베란다 난간 바깥쪽 끄트머리에 아슬아슬하게 균형을 잡고 서 있는 것 같았다. 야, 잠깐만. 나는 생각했다. 너까지 죽어버리게?

아무리 그래도 그렇지. 이런 식이면 끝말잇기가 따로 없지 않은가. 마사타카→메이코→타쿠야. 하나도 안 이어지지만.

저렇게 죽어버리면 왠지 뒷맛이 찝찝할 것 같다고 생각했다. 저 녀석까지 죽으면 내 머릿속에 새겨진 형의 죽음에 대한 인상이 점점 강해져서 떨쳐낼 수 없을 것 같았다. 그냥 내버려 두면 되련만. 나는 결국 충동적으로 자리에서 일어나 베란다로 뛰쳐나갔다.

"유치하다고. 너희들."

나가자마자 일단 말로만 시비를 걸었다. 상대는 다섯명. 정말로 싸움이 붙으면 승산이 없어 보였다. 계속 허세를 부리면서 버티는 수밖에 없다.

나는 훌쩍 난간을 뛰어넘어 그 바깥쪽 끄트머리에 내려섰다. 그리고 팔을 뒤로 돌려 난간을 붙잡고 균형을 유지하면서 오카다 옆에 나란히 섰다. 일진이 그런 나를 향해 "미쳤어?"라고 소리쳤다.

"미친 건 너희들이지."

그렇게 응수했지만 사실은 알고 있었다. 난간 안쪽에서, 안전한 곳에서 재미난 구경거리를 보듯 지켜보는 일진 패거리와 교실 안에서 방관자 행세를 하는 녀석들이 사실은 정상이라는 것을. 그리고 이렇게 난간 바깥에 나란히 서서 게임이라도 하듯 태연히 자기 몸을 위험에 빠뜨리는 오카다나 나 같은 인간이야말로 사실은 비정상이고 어딘가 망가진 상태라는 것을.

"너희 같은 찌질이들보다 오카다가 백배는 용감해."

나는 그렇게 외쳤다. 오카다는 별로 친하지도 않은 내가 불쑥 끼어들자 놀란 눈치였다. 사실 당연한 반응이었다. 왜냐하면 가장 놀란 사람은 바로 나였으니까. 내가 지금 뭘 하는 거지?

일진들도 내 앞뒤 안 가리는 돌발행동에 얼빠진 기색이 역력했다. 다만 문제는 내가 이제부터 어떻게 해야 할지, 어떤 식으로 이 상황을 수습해야 할지 아무런 대책이 없다는 점이었다. 몇 초간 침묵이 흘렀다. 모두가 나를 주목했다.

어떡해야 하나?

이대로 「점심시간도 다 끝나가는데 슬슬 우리 모두 교실로 들어갈까?」 하고 난간 안쪽으로 되돌아갈 수도 없었다. 장난치냐고 얻어맞는 게 고작이겠지. 그러면 곤란한

데. 어쩐다?

나는 아무런 계획도 없이 충동적으로 "그래봤자 내가 더 용감하지만 말이야."라고 큰소리를 쳤다. 허풍을 떨었으니 뭔가 보여줘야 한다. 그때 뜬금없이 지난밤 TV로 본 영화에 탭댄스를 추는 장면이 나왔던 게 떠올랐다. 붙잡고 있던 난간을 놓았다. 나는 이제 완전히 발끝만으로 난간 바깥에 서 있었다. 1센티미터라도 발을 잘못 디뎠다가는 저 아래로 곤두박질치고 만다. 그 상태로 나는 짝짝 손뼉을 쳐서 박자를 맞추며 스텝을 밟았다. 일진들과 오카다는 물론이고 교실에서 이쪽 상황을 살피던 같은 반 녀석들도 어안이 벙벙한 얼굴로 멍하니 내 기행을 감상했다. 저 녀석 뭐 하는 거야? 라는 표정이었다. 그야 그렇겠지. 나도 이게 뭐 하는 짓인지 모르겠으니까. 나는 계속 엉터리로 그럴싸한 스텝을 밟았다.

거기서 잘 보라고, 너희들.

난 죽음 따위 두렵지 않아.

"어때?!"

나는 우쭐해져서 오카다를 돌아보았다.

오카다는 그야말로 뭐라고 형언하기 힘든 표정을 짓고 있었다.

그리고 그 순간.

나는 균형을 잃고 2층에서 추락했다.

말도 안 돼.

이 세상에 2층에서 떨어져본 적이 있는 사람이 몇 명이나 될지는 모르겠지만, 그것은 대단히 독특한 경험이었다. 아무리 발버둥을 쳐도 내 몸뚱이 하나 컨트롤하지 못하는 그 느낌이라니. 마사타카 형이 죽었을 때, 공중을 날았을 때, 형도 혹시 이런 감각을 맛보았을까? 지상으로 추락하는 몇 초 동안 나는 그런 기묘한 생각을 했다.

그리고 그 순간 불현듯 그녀의 얼굴이 뇌리를 스쳐 갔다. 벌써 오랫동안 보지 못한, 접점이라고는 하나도 없는 첫사랑 소녀의 기억이 의식의 표면으로 떠올랐다.

그 이후의 경과는 별로 특별할 게 없다.

다행히 나는 두 발로 땅에 착지하는 데 성공했다. 행운이라면 행운이었다. 특별히 치명적인 부상을 입지는 않았다. 눈물 나게 아프기는 했지만 생명에는 지장이 없었다.

다만 내 다리에는 그 후 약간의 문제가 생겼다. 재활 치료를 비롯해 이것저것 시도해봤지만, 끝내 그 사실은 변하지 않았다.

그냥 걸어 다니거나 일상생활을 하는 데는 별문제가 없었지만, 운동을 하기는 힘들겠다는 게 의사의 소견이었다.

그래서 나는 농구부를 그만두었다.

그렇다고 딱히 실의에 빠지지는 않았다.

원래부터 그냥 심심풀이로 들어간 동아리였기 때문이다. 농구에 남다른 애착이 있었던 것도 아니었다.

아참, 한 가지 덧붙이자면 내가 그렇게 2층에서 추락하는 소동을 일으킨 뒤로 왠지는 몰라도 오카다에 대한 괴롭힘은 잠잠해진 눈치였다. 나는 그냥 장난치다 실수로 떨어진 것뿐이라고 누차 해명했지만(사실이니까) 아무래도 일부 학생과 교사들은 그 사건을 자살 미수 소동으로 확대해석한 듯했다. 다만 그렇다고 그 사건을 대놓고 공론화하려는 사람도 없었다.

단지 공론화는 피하고 싶어도 뭔가 대책을 취했다는 인상은 주고 싶었는지, 학급 회의 시간에 교사가 난데없이 「집단 괴롭힘에 관해 생각해봅시다」라는 의제를 내걸기도 했다. 그 바람에 일진들도 눈치가 보였는지, 그날 이후로 오카다를 건드리는 일은 없었다.

개인적으로는 그렇다면 그것도 나름 괜찮은 결과 아닌가 생각했다. 그날 일을 후회한 적은 한 번도 없다.

그렇다고 오카다와 내가 그 사건을 계기로 친해지는 일

도 없었다.

단지 그 후로 가끔가다 대화를 나누는 사이가 되기는 했다. 마음이 내키면 같이 점심을 먹는 정도의 관계랄까. 주말에 만나서 같이 논다거나 하지는 않는다. 친구라는 느낌은 들지 않을 정도의 미묘한 거리감이 있었다.

우리에게 접점다운 접점은 없었고 특별히 마음이 맞지도 않았다. 예를 들어 여자와 놀러 갈 때 오카다를 데리고 가야겠다고 생각한다거나 하는 일은 없었다. 사복 차림을 본 적이 없다 보니 패션 센스가 있는지 없는지조차 모른다.

아무튼 나는 죽을 뻔했지만 결국 죽지 않았고, 다리가 불편해진 대신 오카다라는 약간 음울한 동급생과 조금 가까워졌다.

아무래도 형 애인의 동생이라 그런지, 오카다와 이야기하다 보면 자연스럽게 마사타카 형이 떠올랐다.

"오카다, 넌 좋아하는 애 없냐?"

학교 식당에서 오카다와 둘이 밥을 먹다가 문득 궁금해져서 그렇게 물어보았다.

"없어."

"내가 누구 소개해줘?"

"됐어. 연애 같은 거 귀찮을 것 같고."

오카다는 내 여성 편력을 알고 있었다. 그 대답 속에는 참 잘도 그렇게 귀찮은 짓을 하고 다닌다는 뉘앙스가 포함되어 있는 것처럼 들렸다.

"있잖아, 인간은 죽을 때 뭘 떠올릴까?"

내가 살짝 시선을 비낀 채 묻자, 오카다도 나처럼 시선은 다른 곳에 두고 잠시 생각한 끝에 대답했다.

"글쎄, 개인적으로는 아무것도 떠올리지 않고 죽고 싶은데."

듣고 보니 맞는 말이라는 생각이 들었다. 그리고 2층에서 떨어졌던 그때, 후카미 마미즈의 얼굴이 뇌리를 스쳐갔던 게 떠올랐다.

그 순간 만약 이대로 내 첫사랑을 계속 피해 다녔다가는 평생 후회하게 되는 게 아닐까 하는 생각이 들었다.

나는 그녀를 만나러 가야 할지도 모른다.

하지만 어떻게 만나러 간단 말인가? 나는 그녀가 어떻게 지내는지, 어느 병원에 있는지조차도 모르는데 말이다.

결국 내가 그녀를 만나러 간 것은 한참 더 시간이 흐른 후가 되었다.

그 대화를 끝으로 식당을 나선 오카다와 나는 어슬렁어슬렁 교정을 배회했다.

"나 말이야, 사실은 일편단심인 남자가 되고 싶어."

나는 오카다에게 불쑥 그렇게 토로했다.

"징그러운 소리 하지 마."

오카다는 보기 드물게 웃는 얼굴로 나를 향해 대꾸했다.

사랑 따위 안 해도 죽지 않는데, 어째서 인간은 사랑에 빠지고 마는 걸까?

그런 풋내 나는 고민은 혼자 끌어안고 있어봐야 해결되지 않는다.

그래서 나는 그녀를 만나러 가기로 마음먹었다.

와타라세
마미즈의
흑역사
노트

Her dark past

어느 날 병실에서 마미즈가 불쑥 입을 열었다.

"있잖아, 타쿠야. 너도 나처럼 『죽기 전에 하고 싶은 일』이 있어?"

그런 건 여태까지 생각해본 적도 없었다.

"아, 맞다."

잠시 기억을 더듬다 보니 불현듯 떠오르는 게 있었다.

"죽기 전에 컴퓨터 하드 디스크를 깨부수고 싶어."

"……남이 보면 곤란한 데이터가 들어 있나 보지?"

마미즈의 눈이 가늘어지며 뭔가 의심스럽다는 눈초리로 나를 보았다.

"아니, 그런 건 아니고……. 그냥 누구나 사적인 영역은 들키기 싫은 법이잖아."

나는 황급히 대꾸했다.

"그러는 마미즈 넌 뭐 없어?"

"……있어."

한동안 심각한 얼굴로 생각을 거듭하던 마미즈가 오만상을 찌푸리며 말했다.

"나 죽기 전에 꼭 처분해야 할 게 있어!"

마미즈는 그렇게 외치며 두 손을 머리에 찔러 넣고 긴 머리카락을 마구 헝클어뜨렸다. 뭔가 부끄러운 과거가 떠오른 눈치였다.

"타쿠야, 부탁이야. 내 방에 가줘. 꼭 가져다줘야 할 게 있어."

마미즈는 떨리는 손으로 내 팔을 꼭 움켜쥐었다.

"빨간색 B5 캠퍼스 노트야. 내 방 맨 안쪽 책장에 소설이랑 같이 꽂혀 있어."

마미즈네 집을 방문하자 리츠 아주머니는 약간 껄끄러운 표정을 지으면서도 음료수를 내오려 했지만, 사양하고 마미즈가 쓰던 방을 구경하기로 했다. 입원한 후에도 그 방은 그대로 두었다고 했다.

방 안으로 들어가서 실내를 한 바퀴 둘러보았다.

마치 그곳만 시간이 멈춘 것 같았다.

침대에는 토끼와 곰 인형이 놓여 있었고 책상은 학생용이었다. 책장이 몇 개 있고 그 구석에 중학교 교과서를 가지런히 꽂아놓았다. 마미즈가 이 방에서 생활하던 모습 그대로 고스란히 보존되어 있었다.

어디선가 이런 풍경을 본 듯한 기분이 들었다. 이내 기억났다. 메이코 누나가 죽고 난 후의 누나 방과 비슷했다.

마미즈가 일러준 대로 구석에 있는 책장을 뒤지자 바로 노트 몇 권이 나왔다. 대부분 수업용 노트 같았다. 한눈에 알아볼 수 있게 표지에 수학이니 국어니 하는 제목이 적혀 있었다. 몇 년 전 물건인데도 하나같이 새것이었다. 팔랑팔랑 페이지를 넘겨보니 처음 몇 장 빼고는 전부 백지였다.

하기는 중학교 1학년 1학기에 입원했으니 당연하다면 당연한 일이다. 페이지 구석의 낙서가 눈에 띄었다. 그 토끼와 곰 그림은 침대 위에 놓인 인형과 판박이였다.

딱 하나 제목 없는 노트가 있었다. 마미즈가 말한 빨간색 B5 캠퍼스 노트였다. 일기장인가? 나는 그것을 가방에 넣고 방을 나섰다.

병실로 들어가자 마미즈가 초조한 기색으로 나를 응시했다.

"얼른, 얼른 내 노트 줘."

"이거 맞아?"

가방에서 노트를 꺼내 팔락팔락 흔들어 보였다. 그러자 마미즈가 낚아채듯 내 손에서 노트를 빼앗았다. 그리고 가슴에 품듯 그것을 꼭 끌어안았다.

"봤어? 봤지?"

"내가 남의 노트를 함부로 훔쳐볼 사람처럼 보여?"

나는 울컥한 표정을 지으며 반문했다.

"……미안해. 잘못했어."

겸연쩍은 얼굴로 마미즈가 사과했다.

"근데 진짜 안 봤어?"

그래도 여전히 마미즈는 나를 의심하는 눈치였다. 그래서 나는 단호하게 입을 열었다.

"온 세상의 보석보다도, 그 어떤 다이아몬드보다도 네가 더 아름다워."

말이 끝나기가 무섭게 마미즈가 부들부들 떨기 시작했다.

"이 세상 그 무엇보다도 너를 사랑해. 이 피아노 소나타보다도 더."

이윽고 마미즈는 귀까지 새빨개져서 창피해 죽겠다는 표정을 지었다.

내가 읊은 것은 마미즈가 노트에 쓴 로맨스 소설에 나오는 대사였다. 기억상실증의 피아니스트와 여자 중학생의 순수한 사랑을 그린 소설로 기억을 되찾은 남자가 피아노를 치며 사랑을 고백하는 장면이다. 끝에서 그는 UFO를 타고 토성으로 돌아간다. 사실은 외계인이었기 때문이다.

"……널 죽이고 나도 죽을래!"

뒤이어 베개가 날아왔다. 아슬아슬하게 받아내고 마미즈를 달래러 침대 옆으로 다가갔다.

"그럴 거 없어. 나름 재미있던데 뭐. 진짜라니까? 아침으로 바나나 파르페를 먹는 건 비현실적이고 남자 주인공이 외계인이라는 건 좀 그랬지만, 그래도 가능성은 느껴졌다고."

그러는 사이 마미즈는 이불 속으로 모습을 감춰버렸다. 쥐구멍이 있으면 들어가고 싶은 심정이었는지도 모르지만, 쥐구멍이 없다 보니 이불을 뒤집어쓰기로 한 모양이었다.

"마미즈, 미안해. 용서해줘."

손바닥이 닳도록 싹싹 빌자, 이윽고 마미즈가 이불 속에서 얼굴만 쏙 내밀었다. 그리고 나를 가만히 노려보며 말했다.

"그럼 보여줘."

"뭘?"

"타쿠야 네가 창피해서 남들에게 가장 보여주고 싶지 않은 거."

"나야 상관없지만…… 하드 디스크 내용물 말이지? 마미즈, 볼 수 있겠어? 그거 상당히 격렬한데."

내 대답에 마미즈는 얼굴을 새빨갛게 물들이고 몸을 움

츠렸다.

"그런 야한 거 말고, 뭔가 또 있을 거 아냐?"

"으음…… 아, 맞다."

잠시 고민한 끝에 나는 휴대폰에 저장해두었던 어떤 사진을 마미즈에게 보여주기로 했다.

"사실은 아무한테도 보여주고 싶지 않지만 말이야."

"풉!"

마미즈는 거친 숨소리를 내고는 필사적으로 웃음을 참듯 입을 손으로 틀어막았다.

"바가지머리 안경이다."

내 초등학교 시절 사진이었다. 지금은 렌즈를 끼지만 당시의 나는 꽤나 공붓벌레여서 무서울 만큼 외모에 무관심했다. 바가지머리에 뱅글뱅글 안경을 쓴 엄청나게 촌스러운 아이였다.

"맨투맨에 캘리포니아라고 쓰여 있네? 바가지머리 안경인데 캘리포니아라니…… 푸훕!"

"시끄러워."

내가 휴대폰을 빼앗아가자, 이번에는 마미즈가 자기 휴대폰을 꺼내 들었다.

"타쿠야, 내 누드 사진 볼래?"

뜬금없이 무슨 소리냐고 생각했다.

"갑자기 뭔데?"

"자, 이것 봐."

마미즈가 자기 휴대폰을 내게 건네주었다. 화면을 보니 갓난아기 사진이 떠 있었다.

확실히 누드는 누드였다.

"섹시하지?"

"원숭이 같은데."

남자인지 여자인지조차도 알아보기 힘든 사진이었다. 마미즈가 이쪽으로 손을 뻗어 휴대폰을 조작하자 다음 사진이 떴다. 시치고산[#2] 사진이었다. 조금 여자아이다운 느낌이 났다. 마미즈는 잇달아 사진을 띄웠다. 그것은 점점 자라나는 한 소녀의 성장 기록이었다. 리츠 아주머니의 말처럼 그 표정에서는 확실히 활발한 소녀의 모습이 엿보였다. 마미즈는 휴대폰 화면 속에서 초등학교에 입학하고 운동회에서 달리고 하이킹을 하고 노래를 부르고 초등학교를 졸업하고 중학생이 되어갔다. 그 후로는 줄곧 병원에서 찍은 사진뿐이었다. 얼굴에 감도는 미소는 차츰 어색하게 변했다.

"있잖아, 타쿠야. 우리 사진 찍을래?"

마미즈가 조금 쑥스러운 기색으로 물었다. 휴대폰 전면

#2 **시치고산** 어린아이의 성장을 축하하는 행사로 여자아이는 세 살과 일곱 살 때 전통복을 입고 사진을 찍는 풍습이 있음.

카메라를 이용해서 둘이 함께 사진을 찍었다. 완성된 사
진을 보고 꼭 친한 사이처럼 보인다고 생각했다.

유리와
코에

Yuri and Koe

1

딱히 대학생이 되고 싶은 마음은 없었다.

캠퍼스로 이어지는 긴 언덕길을 오르며 생각했다.

연분홍색 벚꽃이 나 아닌 누군가를 축복하는 것처럼 보였다.

이런 언덕길을 앞으로 4년이나 매일같이 올라 다녀야 한다고 생각하니 신물이 났다.

대학생이 되고 싶어서 되는 사람이 과연 얼마나 될까?

그저 막연히 모라토리엄을 연장하고 싶어서 진학하는 것뿐이다. 적어도 나는 그랬다.

입학식은 학교 강당에서 열렸다. 비슷한 또래의 인간들이 줄줄이 늘어앉은 광경은 왠지 조금 섬뜩했다. 참고로 나는 재수를 했다.

총장의 지루한 환영 인사가 이어졌다. 자기보다 어린 사람한테 일장 연설을 늘어놓으면 기분 째지려나? 아니면 내심 못 해먹겠다고 생각하려나?

솔직히 말하면 구태여 재수까지 해가며 입학할 만한 대학은 아니다. 현역이 대부분일 테지. 신입생들의 얼굴을 훑어보니 어쩐지 좀 그랬다. 친하게 지내기는 글렀구나 싶었다.

입학식이 끝나갈 무렵에 간단한 신입생 대상 오리엔테이션이 있었다. 각 학부별로 큰 교실에 모였다.

내가 들어간 학부는 예술학부라는 시답잖은 학부였다.

나는 예술에는 쥐뿔도 관심이 없었다. 기껏해야 만화나 보는 정도고. 예술이 적도 바로 밑의 케냐라면 나는 남극이나 다름없었다. 문화 예술과는 가장 거리가 먼 인간. 그게 바로 나였다. 그냥 적당히 점수에 맞춰 원서를 냈을 뿐이다. 그러나 예술학부를 지망하는 인간이란 헤어스타일이건 화장이건 옷차림이건 말투건 화제건 하나같이 거슬리는 쪽으로 개성적이어서 같이 있기가 조금 불편했다.

"그럼 여러분, 한 명씩 돌아가며 자기소개를 해볼까요?"

성가신 절차가 시작되었다. 고향이라든가 취미 같은 시시한 이야기뿐이라 전혀 들을 마음이 나지 않았다. 이윽고 내 차례가 돌아왔다.

"카야마 아키라입니다. 여자를 좋아합니다. 잘 부탁합니다."

키득키득 웃는 소리가 들려왔다. 뭘 웃어? 나는 생각했다.

여러 여자와 친분을 쌓는 가장 쉬운 방법은 바로 각종 동아리 신입생 환영 행사에 참석하는 것이다.

대학에서는 4월이면 매일같이 술판이 벌어진다. 나는 그 자리에 얼굴을 내밀고 신입생과 여자 선배들을 만나 연락처를 교환했다.

솔직히 말하면 나는 사람을 별로 좋아하지 않는다. 사람들과 어울리는 것을 좋아한다는 말은 서비스 업종 아르바이트 지원 동기만으로 충분하련만, 진지하게 그런 소리를 지껄이는 인간들과는 다르다.

그래도 가끔은 혼자 있는 시간을 견디기 힘들 때가 있다. 그래서 주의를 다른 데로 돌리려고 습관적으로 여자를 찾았다.

안면을 튼 여학생과 술자리를 빠져나와 집으로 갔다. 해가 중천에 뜬 후에야 일어나서 얼굴을 마주했을 때 그 여자(이름은 까먹었다)가 말했다.

"카야마, 넌 아무한테나 이래?"

"그렇지는 않지."

거짓말을 해도 양심의 가책을 느끼지는 않는다. 남에게 진짜 내 속내를 털어놓는 일은 거의 없다. 그건 촌스러운 짓이니까.

"난 섹스 프렌드야?"

"아니."

사회적인 기준으로는 그런 사이에 가까울지도 모른다.

단지 프렌드가 아닐 뿐. 다들 관계에 명확한 이름을 붙이지 않으면 안심하지 못한다. 하지만 나는 그런 식의 안심이 더 불편하게 느껴졌다.

안심하고 싶지 않았다.

얼마 전에는 오카다와 통화하다가 "너 말이야, 좀 더 성실해지라고. 여러모로."라는 소리를 들었다.

오카다와 나는 고등학교 때 친구였지만 요새는 거의 만나지 않는다. 딱히 사이가 틀어져서는 아니다.

현역으로 의대에 들어간 오카다는 요즘 대학 생활을 하느라 나름대로 바쁜 눈치였다.

그런 오카다를 방해할 마음은 나지 않았다.

오카다는 성실하게 살아가고 있었다. 그런 태도 변화는 아마 와타라세 마미즈의 죽음과 결코 무관하지 않을 테지.

내게는 오카다처럼 열중할 수 있는 일이라고는 하나도 없었다. 그래서인지 오카다를 만나는 게 왠지 부끄럽고 떳떳하지 못한 기분이 들었다.

하지만 성실해지라니 뭘 어쩌라는 말인가? 예컨대 연애는 성실하게 해야 하는 일일까? 좋아, 연애하자! 하고 의욕을 불태우며 성실하게?

연애, 성실이라.

나로서는 그럴 만한 상대가 없고 상대가 별로라고 말하

고 싶었다.

그냥 가볍게 섹스하는 정도라면 상관없지만.

진지하게 좋아할 만한 상대는 도무지 눈에 띄지 않았다.

모름지기 대학 수업에는 꼬박꼬박 나갈 필요가 없다. 출석이 중요한 과목만 챙기고 나머지는 시험 기간에 강의 노트를 사다가 기출문제를 통째로 외우면 대충 해결된다. 술자리에서 알게 된 녀석이 사뭇 전문가 같은 얼굴로 그렇게 주장했다.

그래서 나는 어쩐지 공허하다고 생각하며 수업을 모조리 째고 집으로 여자를 불러들이거나 빈 강의실로 여자를 끌어들이며 지냈다.

4월도 막바지로 접어들어 벚꽃이 지기 시작하고, 해 질 녘 가랑비가 만들어낸 물웅덩이 속에서 꽃잎이 빙그르르 맴돌기 시작할 무렵.

저녁 다섯 시가 넘은 시각이었다. 어중간한 시간대라서 캠퍼스도 한산한 분위기였다. 저녁을 먹기에는 이르고 담배도 아까 피웠다. 다음 수업까지 시간이 비어 한가했다.

그래서 나는 여느 때처럼 어슬렁어슬렁 교정을 배회했다. 저 멀리 기둥 뒤에서 아는 얼굴을 본 듯한 느낌이 들었다.

그 순간, 불현듯 어디선가 들려오는 피아노 소리를 인식했다.

예술학부에는 피아노 학과가 있다. 그래서 평소에도 종종 악기 소리가 나고는 했다.

처음에는 무슨 곡인지 몰랐다. 나는 클래식에는 완전히 까막눈이다. 쇼팽과 모차르트가 어느 나라 사람인지도 모르고, 구름 같은 헤어스타일의 작곡가는 다 똑같은 사람처럼 보였다.

하지만 집중해서 듣는 사이 그 곡이 무엇인지 깨달았다.

클래식이 아니다. 귀에 익은 선율이었다.

예전에 내게는 형이 있었다. 예전이라고 하는 까닭은 이제 이 세상 사람이 아니기 때문이다.

그 곡은 형이 즐겨 들었던 노래였다.

자살한 뮤지션의 노래다.

평소에 나는 형 생각을 전혀 하지 않는다. 하지만 그 곡을 열쇠로 옛 기억이 되살아났다.

"넌 나하고는 다르니까."

형은 자주 그렇게 말했다. 형은 착실한 우등생, 나는 열등생이었다. 그런 형이 늘 거슬렸다.

연주는 그칠 줄 모르고 이어졌다. 처음에는 그저 잡음 정도로만 여겼던 음악이 어느새 내게 의미를 지니기 시작했다.

원곡은 피아노로 연주하지 않는다. 기타에 보컬의 노래가 들어간다. 본래 그런 곡이다.

그런 곡을 수업 시간이나 과제용으로 연주할 리는 없다. 누가 재미 삼아 치는 건가?

도대체 누가?

나는 건물 안으로 들어가서 계단을 올라갔다.

복도를 걸으며 소리의 근원지를 찾았다. 가까이 갈수록 점차 피아노 소리가 커졌다.

복도 맨 끝에 있는 강의실이었다.

문을 열었다.

안에는 여자가 있었다.

뒷모습밖에 보이지 않았다.

머리가 긴 여자였다.

긴 스커트에 남색 니트를 입고 펌프스를 신었다. 발이 경쾌하게 페달을 밟았다. 반듯한 등줄기에서 느껴지는 우아함과는 반대로 그 발놀림은 부산스러웠다.

창문을 열어놓아 무딘 햇살을 휘감은 바람이 불어왔다. 그 바람결에 여자의 머리카락이 나부꼈다.

피아노 소리는 어딘가 구슬프게 들렸다.

나는 그녀에게로 다가갔다. 하얀 손가락이 눈에 들어왔

다. 이상하리만큼 길었다.

그 손가락은 마치 건반을 빨아들이듯 움직였다.

마지막 후렴구까지 치고 나서 그녀는 나직하게 한숨을 내쉬었다. 그리고 나를 돌아보았다.

피부가 희고 속눈썹이 긴 여자였다. 아무래도 나보다는 약간 연상인 것 같았다. 적어도 대학생처럼 보이지는 않았다. 하지만 정확한 나이는 알 수 없었다. 다만 틀림없이 실제 나이보다 어려 보이는 타입일 거라는 예감이 들었다.

눈에는 눈물이 고여 있었다.

나는 그 모습을 보고 약간 당황했다.

뭐야? 왜 울고 난리야?

시선을 돌리고 싶었다. 하지만 그전에 그녀가 먼저 입을 열었다.

"당신, 누구야?"

"그냥 피아노 소리가 들려서 와봤어."

나는 가급적 무심하게 들리도록 대꾸했다.

"여기 학생이야?"

"일단은."

"일단은?"

"그만둘지도 모르니까."

입학한 지 얼마나 됐다고 벌써부터 그만둘 생각을 하고

있단 말인가? 내 입으로 말해놓고도 좀 깬다고 생각했다.

"그쪽은?"

사회생활을 하다가 대학에 입학한 케이스거나 대학원생, 아니면 강사일지도 모른다. 하지만 그런 인종이면 어딘가 대학 냄새가 나기 마련인데 이 여자는 그렇지 않았다. 그냥 평범하게 생활하는 사람 같은 느낌이 났다.

"난 이 학교 졸업생이야."

"그렇다고 멋대로 피아노 쳐도 돼?"

"아마 안 될걸? 그러니까 비밀이야."

그렇게 말하며 그녀는 장난치다가 들킨 어린아이 같은 표정을 지었다.

"몇 년 전인데? 여기 다녔던 거."

"그 질문, 간접적으로 내 나이를 묻는 거야?"

"그럼 이름 알려줘."

"이치야마, 유리."

유리. 약간 혀 짧은 소리로 마치 외국 이름처럼 늘여서 말했다. 자기 이름인데 왜 그렇게 어설픈 느낌이 나는 거냐고.

"난 카야마 아키라. 재수했지만 신입생이야."

"재수한 애들은 약간 독특한 분위기가 있더라."

"글쎄, 난 잘 모르겠는데."

"어른스럽다고 해야 하나, 삐뚤어진 느낌?"

"비뚤어졌는지도 모르지."

지금의 내 상태를 한마디로 설명해버리는 바람에 조금 복잡한 기분이 들었다.

"그러는 이치야마 씨는 뭐 하는 사람인데?"

"으음…… 피아노 선생님?"

왜 의문형인 거냐고 생각하며 대화를 이어갔다.

"그 피아노 교실, 잘돼?"

"참 무례한 질문이네. 파리만 날려."

솔직 담백한 대답에 나는 그만 피식 웃고 말았다.

"내가 그쪽 피아노 교실 학생이면 절대 그만두지 않을 텐데. 남학생 많지 않아?"

"그게, 왠지는 몰라도 피아노 배우는 애들 중에는 카야마 너처럼 경박한 타입이 별로 없거든?"

"나 경박해 보여?"

"많이."

그렇게 대꾸하고 그녀는 우스꽝스럽게 얼굴을 찡그려 보였다.

어쩐지 첫인상과는 다르다고 생각했다. 기묘한 갭이 느껴진다고나 할까? 나는 그런 여자에게 약한 편이다.

대학교 수업은 따분하다. 고등학교 때보다 교실이 커지고 학생 수도 늘어나니 왠지 더 따분하게 느껴졌다. 수업을 빼먹어도 들키지 않고 야단맞지도 않는 환경이 사람을 타락시키는지도 모른다.

나는 수업을 대충 흘려들으며 지난번에 이치야마 씨가 주고 간 명함을 물끄러미 바라보았다.

레코드 렌탈샵 TIMELESS

이치야마 씨가 운영하는 가게인 모양이다. 대학을 졸업하자마자 바로 가게를 차렸고, 그래서 한 번도 이 동네를 벗어난 적이 없다고 했다.

"돈벌이는 전혀 안 되지만 말이야. 피아노 교실 예약이 없을 때만 열어."

하긴 요즘 세상에 LP 음반을 듣는 사람이 그리 많을 리 없다. 하물며 굳이 대여하면서까지 들으려는 사람이 과연 몇이나 될까?

명함을 받았을 때 아무래도 갈 일은 없겠다고 생각했다. 나하고는 전혀 인연이 없는 가게다. 우리 집에는 레코드플레이어도 없고.

명함 뒷면에는 매장 주소와 약도가 실려 있었다. 학교 근처였다.

[카나: 카야마, 오늘 시간 돼?]

지난번에 꼬신 여자 동급생한테서 라인이 왔다. 그 메시지를 본 순간, 어찌 된 영문인지 대신 이치야마 씨의 얼굴이 떠올랐다.

[미안, 오늘은 좀 갈 데가 있어서. 다음에 보자.]

학교 앞 언덕길을 내려가서 역으로 이어지는 길을 오른쪽으로 꺾었다. 주택가 골목길을 걷는 사이에 나는 차츰 불안해졌다. 인적이 점점 드물어져갔기 때문이다. 이런 곳에 가게가 있고 손님이 찾아온단 말인가?

TIMELESS

가게 간판을 발견하고 안도했다.

입구는 페인트칠을 한 나무문이었다. 유리창 너머로 가게 안을 살펴보았다. 레코드 진열장이 빽빽하게 늘어서서 통로 폭이 이상하리만큼 좁았다.

들어가기 껄끄러운 분위기였다. 아는 사람의 소개라도 받지 않으면 아무도 안 올 것 같다.

문을 열자 요즘은 듣기 힘든 도어벨 소리가 났다. 바닥은 나무였는데 청소에 신경을 쓰는지 먼지는 없었다.

들어오기 전부터 예상했던 일이지만 역시 실내는 비좁

앗다. 손님은 없었다. 카운터를 지키는 사람도 없었다.

가게 안의 진열장에는 LP판이 빼곡하게 꽂혀 있었다. 장르별, 알파벳순으로 정리해놓은 상태였다. 별로 관심은 없었지만 일단 눈에 띈 레코드를 꺼내서 살펴보았다. 턱 시도를 입은 흑인 남자 사진이 인쇄되어 있었다.

이윽고 매장 안쪽에서 발소리가 나는가 싶더니 이치야마 씨가 모습을 드러냈다.

"어머, 카야마네?"

"안녕하세요."

"와줬구나. 고마워."

어디까지 진심인지는 몰라도 이치야마 씨는 기쁜 얼굴로 웃었다.

"진짜 장사할 마음이 없어 보이네요, 이 가게."

솔직하게 말하자 이치야마 씨는 쓴웃음을 지었다.

"오히려 손님이 너무 많으면 나 혼자서는 감당이 안 되니까. 아는 사람만 찾아오는 정도가 딱 좋아."

그 설명은 어딘가 납득이 가지 않았다.

"안 망하는 게 용하네."

"유지비가 별로 안 드니까. 이 안쪽이 살림집이거든. 현관이 하나 더 있는데 그쪽은 피아노 교실 간판이 달려 있어. 그리고 2층이 주거 공간이야."

이치야마 씨의 설명에 따르면 손님은 하루에 몇 명밖에 오지 않는다고 했다. 대여료는 장당 천 엔. 수지타산은 전혀 안 맞지만, 피아노 교습을 해서 벌어들인 돈의 대부분을 음반 구입에 쏟아부어 유지하는 모양이었다. 손님은 대학원생이나 음대 교사 같은 마니아층이 암암리에 드나드는 정도다. 구하기 힘든 음반도 많아서 일부러 멀리서 찾아오는 사람도 있다고 했다.

한마디로 나 같은 인간과는 가장 거리가 먼 가게라는 뜻이었다.

2

알고 지내는 여자들 여럿과 동시에 연락을 주고받았다.

나는 메시지를 보내지 않았는데 케이코 쪽에서 연달아 메시지를 보내왔다. 어쩐지 성가셨다. 끝없는 대화에 질려 휴대폰을 방구석으로 내팽개쳤다.

대학생이 된 뒤로는 누구와 이야기해도 재미없다는 생각만 점점 더 강해져갔다.

이놈이고 저놈이고 죄다 어린애처럼 보였다. 초롱초롱 눈을 빛내며 대학 생활을 즐길 마음으로 가득한 놈들을 보면 어쩐지 불편했다. 대학가 밥집에서 파는 초대형 메

뉴 사진을 보면 먹지도 않았는데 과식한 것처럼 속이 메스거리고는 한다. 내게는 대학 생활이 바로 그런 느낌이었다.

이튿날 카나와 학생 식당에서 점심을 먹었다. 둘 다 다음 시간이 공강이라서 자연스럽게 같이 교내를 서성이게 되었다.

"카야마, 너 아까부터 좀 이상해."

"뭐가?"

"계속 두리번거려. 꼭 누군가를 찾는 것처럼."

"……착각이겠지."

돌아다니다 보니 생협에서 주최하는 바자회가 진행되고 있었다.

대학 생활을 마감하고 이사 가는 학생들이 쓰던 물건을 신입생 대상으로 싼값에 파는 행사다. 카나나 나나 자취생이다 보니 혹시 숨은 보물을 건질 수 있으려나 싶어 별생각 없이 매대를 둘러보기 시작했다.

"우리 조만간 동거하게 되려나?"

"그건 무리야."

카나가 화난 기색으로 내 팔을 찰싹 때렸다. 무시하고 진열된 물건을 훑어보았다. 공간박스, 전자레인지, 구닥다리 냉장고, 공간박스, 전기 포트, 고타츠, 공간박스, 의자, 공간박스……. 대학생은 정말이지 공간박스를 사랑하는군. 그렇게 생각했을 때 문득 낡아빠진 기계 하나가 눈에 들어왔다.

레코드플레이어 일금 4백 엔정

꽤 오래된 물건이었다. 요즘 나오는 최신식이 아니라 고풍스러운 느낌이 물씬 풍기는 레코드플레이어였다.

"요새 누가 LP판 같은 걸 들어?"

악의 없는 말투로 카나가 한마디 했다.

옛 주인은 거적때기 같은 옷을 입고 방에는 이상한 향 같은 걸 피워놓는 인간이었던 게 틀림없다. 취미는 요가와 명상, 시판하는 카레 가루를 쓰지 않고 자신만의 특별한 카레 만들기.

그렇게 혼자 상상의 나래를 펼치는데 카나가 내 소매를 잡아끌었다.

"그만 가자."

나는 그 손을 뿌리치고 레코드플레이어를 집어 들었다.

"사려고? 뭐야, 개그용?"

"그런 건 아니고."

딱히 개그 소재가 될 것 같지도 않고 말이지. "뭐야? 응? 왜 사는데?" 하고 거듭해서 캐묻는 카나를 무시하고, 나는 4백 엔에 그 레코드플레이어를 구입했다.

"어머, 또 왔어?"

이치야마 씨가 조금 놀란 기색으로 물었다. 지난번과 마찬가지로 손님은 한 명도 없었다.

"뭐 추천해줄 만한 음반 없어요?"

"빌려서 어쩌게? 집에 레코드플레이어도 없을 거 아냐?"

"오늘 샀거든요."

내 대답에 이치야마 씨는 어쩌다가 그렇게 멍청한 짓을 했느냐는 말투로 "왜?"라고 물었다. 「우연히」 「학교 바자회에서」 「4백 엔에」라고 설명하자, "뭐 4백 엔이면 어쩔 수 없네." 하고 왠지 가격을 이유로 납득한 기색을 드러냈다.

"뜬금없이 추천해달라고 하니 난감하네. 평소에 카야마 네가 어떤 음악을 듣는지도 모르는걸? 알려줘."

그렇게 되물으면 곤란하다. 이치야마 씨는 틀림없이 음악 취향으로 그 사람이 어떤 인간인지 판단하는 타입일 테니까.

"난 이치야마 씨가 좋아하는 곡이 뭔지 궁금한데."

"그것도 난감하기는 마찬가지야."

난처한 기색으로 대꾸하며 이치야마 씨가 카운터에서 일어섰다. 그리고 곧장 우울한 얼굴로 진열장 앞에 섰다.

"그럼 우선 이거랑 이거랑 이거랑 이거랑 이거랑 이거

랑 이거."

농담인 줄 알았더니만 아무래도 진심인 눈치였다. 이치야마 씨는 엄청난 속도로 척척 LP판을 진열장에서 뽑아들었다. 음반의 위치를 모조리 꿰고 있는 게 틀림없었다.

"엇, 잠깐만요. 여기 대여료 비싼데."

나는 황급히 이치야마 씨를 제지했다. 카운터 옆에 놓인 작은 칠판에 분필로 장당 일주일에 천 엔이라고 적혀 있었다. 터무니없는 폭리다. TSUTAYA[#3]를 본받으라고.

"저 돈 별로 없어요. 가난한 학생이라고요."

내 입으로 말해놓고도 어쩐지 서글펐다.

"내가 대학생일 때는 그야말로 미친 듯이 음악에 돈을 쏟아부었는데. 지금도 그렇지만."

"그 정도로 좋아하는 게 있다니 좀 부러운데요?"

"좋아해서가 아니야. 저주지."

이치야마 씨는 정색을 하고 그렇게 대답했다. 그 바람에 나는 말문이 막혔다.

"한 번 저주받으면 벗어날 수 없어. 나라고 좋아서 이러는 게 아니야."

"난 좋아서 하는 줄 알았는데."

"그럼 우선 세 장만 가져가. 아참, 스피커는 있니?"

#3 TSUTAYA 책, 음반, DVD 등을 취급하는 일본의 대형 렌탈샵.

"아, 네. 일단은요. 싼 거지만."

"좋아, 그럼 이제 가봐."

"네? 가라고요? 저 할 게 없어서 여기 온 건데요?"

"집에 가서 음악부터 들어. 이야기는 그다음이야."

그 말을 끝으로 이치야마 씨는 빙글 몸을 돌려 가게 안쪽으로 들어가 버렸다.

집에 돌아오자마자 플레이어와 스피커를 연결하고 LP판을 세팅했다. 턴테이블이 돌아가면서 내려앉은 바늘이 정보를 읽어 들이기 시작했다. 방 안으로 음악이 흘러나왔다.

재즈였다. 나는 마음 가는 대로 불을 끄고 침대에 누워 눈을 감고 음악을 들었다.

낮은 색소폰 소리가 실내에 울려 퍼졌다. 좋은 곡인지 나쁜 곡인지조차 가늠하기 어려웠다. 나한테는 음악을 듣는 재능이 없는지도 모른다. 그렇게 생각했을 때 이 음반을 빌린 이유가 떠올랐다. 대화의 물꼬를 틀 계기가 필요했기 때문이다. 하지만 가사조차 없으니 이걸로 대체 어떻게 이야기를 풀어나가야 할지 알 수가 없었다.

"네가 이런 음악을 듣다니, 신기한데?"

"시끄러워, 닥치라니까."

나는 귀를 틀어막았다. 그래도 목소리는 계속 들려왔다.

"짜증 난다고."

휴대폰이 진동했다. 전화가 걸려온 모양이었다. 연락한 사람은 오카다였다. 잠시 망설이다가 휴대폰을 엎어놓았다. 나는 오카다와 이야기하는 게 무서웠다. 그런 다음 스피커 볼륨을 살짝 높였다.

"저요, 가사 없는 노래를 제대로 들어본 건 이번이 처음이에요."

사흘 후에 나는 이치야마 씨의 가게를 찾았다.

"어…… 그래?"

그날 그녀는 왠지 멍해 보였다. 분위기가 약간 이상했다.

"난 비 오는 날에 약해. 뭔가 머리가 무겁거든."

바깥에는 비가 내렸다. 가게로 오는 길에도 우산을 썼지만 젖을 정도로는 빗발이 굵었다.

몽롱하게 천장을 바라보는 이치야마 씨의 얼굴을 가만히 응시했다.

눈이 무서웠다. 초점이 나간 마약 중독자 같은 눈이었다.

"난 이 가게에서 음악의 망령에게 저주받아 죽어갈 거야."

"이치야마 씨, 늘 그렇지만 무슨 말인지 모르겠는데요."

"난 이대로 여기서 점점 나이를 먹어서 할머니가 될 거야. 그러고 나면 그 후에는?"

"걱정 마요. 이치야마 씨, 예쁘니까."

그러자 이치야마 씨가 나를 보고 어이없다는 듯 한숨을 쉬었다.

"놀리지 마. 나 스물아홉이야."

"아직 새파랗게 젊은데요, 뭐."

열 살이나 연상이라는 사실은 역시 충격이었지만 말이다.

3

레스토랑에서 이치야마 씨와 술을 마시게 되었다.

시험 삼아 한잔하자고 제안해봤더니 뜻밖에도 허락이 떨어진 것이다.

"카야마, 너 술 세?"

"이치야마 씨는요?"

"난 스무 살 때 처음 술을 접했어. 그런 애였지."

"하나도 놀랍지 않은데요."

피아노 전공으로 대학에 들어올 정도면 분명 좋은 집에서 곱게 자랐을 테지.

그런 것치고 이치야마 씨는 마시는 속도가 빨랐다. 꿀꺽꿀꺽 거침없이 와인을 들이켰다.

"근데 그거 맛있어요? 생굴이요."

"응, 이 집은 생굴이 유명해."

이치야마 씨는 이름도 생소한 발사인가 믹비네거인가 하는 소스를 뿌리고, 윤기가 반질반질 흐르는 생굴을 입에 넣었다. 나도 손을 뻗었다.

"이치야마 씨, 무슨 고민 있어요?"

"으음, 뭐랄까……. 설명하기가 힘들어."

나는 이치야마 씨가 비운 술잔에 와인을 따라주었다.

"말로는 설명하기 힘든 일이 있거든. 그러니까 음악도 듣고 피아노도 치고 하는 거지."

말로는 설명하기 힘든 일이라. 그런 식으로 대답하면 듣는 사람도 아리송해지기만 할 뿐이다. 그래서야 곤란하지 않은가.

"그건 그냥 게으른 거예요. 세상에 말로 설명하기 힘든 일은 별로 없고, 단순히 귀찮은 것뿐이잖아요? 그런 노력을 게을리했다가는 머지않아 중요한 말은 하나도 못 하게 된다고요."

"그게 카야마 네 철학이니? 철학과?"

"아뇨, 철학도 철학과나 철학 전공도 아니고 그냥 사실일 뿐인데요."

철학과 사실이 뭐가 어떻게 다른지는 나도 잘 모르겠지

만 말이다.

"카야마 넌 왜 우리 학교에 들어왔어?"

"커트라인이 낮아서?"

"진짜 생각 없이 사는구나. 나중에는 어쩌게? 너도 알다시피 예술학부 나와 봐야 취직 안 돼. 백수 예약이라니까? 백수."

"그래도 취업 활동 하다 보면 어떻게든 되겠죠. 미리 걱정한다고 해결될 일도 아니고. 전 여친 같은 소리 하지 말아줄래요?"

"전 여친은 어떤 사람이었는데?"

"고등학교 때 담임 선생님이요."

"으, 싫다."

이치야마 씨는 한순간 진심으로 경멸스럽다는 눈빛으로 나를 보았다.

"뭐야, 카야마 너 인기 많아?"

"그럭저럭요."

"뭔가 인기 끄는 비결이라도 있어?"

"대충 백 가지쯤?"

"정말? 그럼 여기서 쫙 읊어봐. 백 가지 맞나 세어보게."

"아니 뭐 그 정도는 아닌지도 모르겠지만요."

나는 그렇게 말을 끊고 남은 와인을 쭉 들이켠 다음 다시 내 술잔을 채웠다.

"그럼 하나만 알려줄게요."

올리브를 하나 베어 물고 천천히 씹으면서 대답했다.

"반하면 안 돼요."

원래는 다른 이야기를 할 생각이었는데 저도 모르게 그렇게 노골적인 소리를 하고 말았다.

"좋아하게 되면 끝장이라는 게 제 생각이거든요. 그래서 전 항상 남을 좋아하지 않도록 조심해요."

살면서 남을 좋아해본 경험이라고는 한 번 정도밖에 없다.

이치야마 씨는 가소롭다는 듯 웃더니 와인을 들이켰다. 그리고는 "카야마를 좋아하는 애들, 불쌍하네~." 하고 혼잣말처럼 중얼거리고 휴대폰으로 시간을 확인했다.

"슬슬 나갈까?"

갑자기 흥이 깨지기라도 한 듯 심드렁한 말투였다. 나는 이치야마 씨의 빈 술잔에 와인을 더 따라주며 물었다.

"발광병이라고 알아요?"

그 순간 이치야마 씨의 얼굴이 흠칫 굳어졌다.

"잘 아는데요."

어찌 된 영문인지 존댓말로 대답이 돌아왔다.

"제가 좋아했던 애가 그 병으로 죽었거든요."

나는 이치야마 씨에게 고등학교 시절의 사연을 들려주

었다. 그녀를 좋아했던 이유, 생김새의 특징, 다정하고 강인한 면모. 그런 이야기들을 구구절절하게 풀어놓았다.

"카야마, 너 혹시 누가 좋아지면 갑자기 개랑 이야기 잘 못 하게 되는 타입이야?"

"네? 그야 뭐, 다들 그런 법이잖아요?"

이치야마 씨는 계속 술을 마셨다. 집에 갈 마음은 사라진 눈치였다.

"카야마, 네 이야기 좀 더 들려줘 봐."

나도 취했는지 이런저런 잡소리를 늘어놓았다.

어린 시절의 추억부터 지금에 이르기까지의 온갖 이야기를 풀어놓는 사이, 조금씩 내 안의 생각과 감정이 정리되어갔다. 와인 한 병을 비우고 두 병째를 따서 그것마저 바닥을 드러낼 즈음, 이치야마 씨는 이미 곤드레만드레 취한 상태였다.

게다가 술버릇에도 조금 문제가 있었다.

"나라고 좋아서 이렇게 사는 게 아니야."

앞뒤 맥락도 없이 대뜸 그런 소리를 늘어놓기 시작했고 얼굴도 빨갰다. 우리가 마지막 손님이었다. 폐점 시간이 되어 테이블에서 일어선 이치야마 씨는 휘청거리며 몸을 똑바로 가누지 못했다.

이치야마 씨는 생각보다 칠칠맞지 못한 어른인지도 모

른다.

부축하며 가게를 나섰다. 바깥은 깜깜했고 약간 쌀쌀했다. 막차 시간이 지난 거리에는 인적이 드물었다.

이치야마 씨는 가게에서 나오자마자 눈 가리고 수박 깨기에 실패하려는 사람처럼 휘청거리며 몇 발짝 내딛는가 싶더니, 이윽고 아스팔트 도로에 털썩 주저앉았다.

"업어줘?"

내가 반쯤 농담으로 일부러 거만하게 묻자, 이치야마 씨가 한 손을 들어 제지했다.

"아니, 됐어."

그 대답에 나는 한동안 그 옆에 우두커니 서서 이치야마 씨를 내려다보았다. 차마 그냥 내버려 두고 갈 마음은 나지 않았다.

"자, 이제 가요."

나는 걸음을 내딛는 시늉을 하며 일어나라고 이치야마 씨를 재촉했다.

"······역시 한번 해봐."

"네? 뭘요?"

"업어보라고."

나는 기가 막혔다. 이제는 정말로 무슨 소리를 하는 건지 모르겠다.

"네, 뭐 원하신다면야. 그럼 업히세요."

쪼그려 앉아 이치야마 씨 쪽으로 등을 내밀었다. 꾸물꾸물 움직이는 기척이 나더니 이치야마 씨가 내 등에 올라탔다. 나는 그대로 몸을 일으켰다.

"윽, 무거워."

"뭐? 무겁긴 뭐가 무거워? 나 가볍거든?"

이치야마 씨가 발끈한 기색으로 대꾸하는 게 왠지 재미있어서 나는 걸음을 옮기며 계속 놀려댔다.

"고작 이 정도로 무겁다니, 카야마 너야말로 약골 아니야?"

사실은 이치야마 씨가 취해서 똑바로 업히지 못하니까 유난히 무겁게 느껴지는 것뿐이다.

"카야마, 너 말이야."

이치야마 씨의 숨결이 귓가를 간질였다. 아까 마신 와인 냄새가 났다.

"생각보다 착하네?"

"원래 착한 남자인데요. 지금도 술버릇 고약한 주정뱅이를 집까지 바래다주려고 하잖아요?"

매번 느끼지만 이 짓도 상당한 중노동이다.

그래도 이치야마 씨네 집이 그렇게 멀지 않은 게 그나마 다행이었다. 몇 분 만에 그녀의 집 앞에 도착했다. 문은 잠겨 있었다.

"이치야마 씨, 열쇠 좀 줘요."

"……응? 어라, 나 잤나?"

아무리 그래도 여러모로 너무 무방비하다.

어쩌면 어릴 때부터, 그리고 대학생이 되고 나서도 줄곧 이런 식이었는지도 모른다. 스물아홉 먹은 여자치고는 뭐랄까, 아무리 봐도 좀 황당한 구석이 있었다.

"아, 찾았다. 열쇠, 가방 밑바닥에 있었어."

현관문을 열고 안으로 들어갔다. 불이 꺼진 가게 안은 묘하게 어두컴컴했다. 유리창을 통해 바깥의 가로등 불빛이 새어 들어와 실내를 흐릿하게 밝혔다.

"카운터 뒤로 들어가면 집이야."

그쪽에 통로가 있고 어딘가로 이어진다는 사실은 어렴풋이나마 알고 있었다.

처음으로 발을 들여놓는 공간이었다. 냉정하게 생각하면 그냥 이쯤에서 이치야마 씨를 내려주고 돌아가도 될 것 같았지만 잠자코 시키는 대로 했다.

"여기서 신발 벗어."

나는 이치야마 씨를 업은 채로 균형을 잡으며 발만 움직여 힘겹게 신발을 벗었다. 슬슬 그만 업어도 되지 않을까 하는 생각이 들었지만, 왠지 그녀도 내려달라는 말을 꺼내지 않았다. 이 미묘한 분위기를 깨뜨리면 지금의 예상치 못한 친밀함도 함께 사라져버릴 것 같았다.

"내 구두도 벗겨줘."

손으로 더듬어 그녀의 펌프스를 벗겼다. 그러다 불쑥 장난기가 치밀어 발바닥을 간지럽혔다.

"아핫!"

이치야마 씨가 내 등 위에서 꼼지락대며 몸을 뒤틀었다. 웃음을 참는 눈치였다.

"목소리 낮춰. 울리니까."

뭘 걱정하는 거지? 작은 웃음소리만 내도 이웃에게 민폐가 될 정도로 집 벽이 얇은가? 에이, 설마.

"왼쪽으로 가면 계단이야."

그녀가 시키는 대로 계단을 올라갔다. 별로 넓은 집 같지는 않았다.

"그쪽 문이야. 헷갈리면 안 돼."

어째 집에 들어온 후부터 갑자기 잔소리가 늘었다.

침실은 평범했다. 침대와 책상, 책장이 눈에 들어왔다. 고등학생이 쓰는 방 같다고 생각했다. 켜켜이 쌓아 올린 생활의 무게가 느껴지지 않았다. 나는 이래 봬도 수많은 여자의 방을 드나든 경험이 있다. 연상도 많았고, 그 방들은 더 어른스러운 분위기였던 것으로 기억한다. 반면에

이 침실은 꼭 학생 같은 느낌이 났다. 마치 거기서 멈추어 버리기라도 한 것처럼.

뒤에서 문 닫히는 소리가 났다. 이치야마 씨가 교묘하게 발을 움직여 문을 닫은 눈치였다.

침대로 다가가서 그녀를 그 위에 내려놓았다.

"아, 피곤해."

이치야마 씨는 침대 위에서 데굴데굴 구르며 말했다. 어린애 같았다.

"이제 한계야. 졸려. 나 잘래."

이치야마 씨는 눈을 감고 그렇게 말했다.

"자기 전에 옷 갈아입고 샤워해야 하는 거 아닌가? 화장 안 지우면 늙는다고."

"시끄러, 그런 건 내일 해도 돼."

"나 참, 진짜 게으르네."

난 게으른 사람은 싫은데 하고 생각했다.

"그럼 내일 봐."

축객령이 떨어졌다.

"유리 씨."

"헉, 왜 갑자기 이름으로 부르고 그래? 깜짝 놀랐네."

"좀 더 같이 있고 싶은데."

내 말에 그녀는 약간 놀란 얼굴을 했지만, 이내 그 표정에 여유를 덧입혔다.

"그럼 그냥 있기만 해."

"응."

나는 침대에 걸터앉았다. 그보다 더 가까이 다가갈 수가 없었다. 그녀의 눈은 이상하게 슬퍼 보였다.

"아무래도 난 머리가 좀 이상한 거 같아."

최소한 본인이 이상하다고 말하는 사람 중에 멀쩡한 인간이 없다는 사실만큼은 분명했다.

"괜찮아. 나도 마찬가지니까."

"그렇구나. 그럼 안심이네."

천천히 그녀 옆으로 미끄러져 들어가듯 침대 위로 몸을 누였다. 그런 내 행동거지는 어딘가 어설퍼서 마치 초짜 같았다.

"있잖아."

그녀는 나를 보며 말했다.

"나 아직 카야마 너한테 말 안 한 거 많아."

"나도 그래."

아직 만난 지 얼마 되지도 않았으니까.

"천천히 이야기해줘."

나는 그 속에 전하지 못한 말의 의미도 담아내려고 노력하며 말했다.

그다음 순간 나는 본가의 내 방에 있었고, 문틈으로 오카다의 누나가 이쪽을 보고 있었다. 진절머리가 났다. 작작 좀 하라는 생각이 들었다.

『처음 뵙겠습니다. 저는 그쪽 형이랑 사귀는 사이예요.』

『짜증 나. 자기소개라니, 그딴 건 왜 하는데?』

『들은 대로네.』

『형이 뭐랬는데?』

『비밀.』

『죽어버려, 호박.』

아참.

이미 죽었던가?

결국 잠을 이루지 못하고 멍하니 창문에 친 커튼을 바라보는 사이, 이윽고 그 색이 희뿌옇게 변하며 창밖에서 빛의 존재가 느껴지는 시간대가 되었다. 유리 씨는 깊은 잠에 빠져 있었다. 잠든 그 얼굴을 보니 가슴속에서 기묘한 감정이 피어올랐다. 그 감정을 떨쳐내려고 나는 방을 나섰다.

어젯밤에 유리 씨를 업고 왔을 때는 어두워서 미처 몰랐는데 이 집은 생각보다 넓었다. 1층 가게는 그렇게 비좁은데 말이다.

이렇게 큰 집에 혼자 산다고? 그렇게 생각하니 살짝 오싹했다. 유리 씨를 이해하기가 점점 더 힘들어졌다.

복도에는 벽시계가 걸려 있었다. 아침 여덟 시였다. 유리 씨가 일어날 때까지 기다리지 않고 그냥 가면 1교시 수업을 들을 수 있겠지. 하지만 그럴 마음은 없었다. 아무래도 내 안에서는 성실한 삶의 우선순위가 꽤나 낮은 모양이었다.

복도 끝에 있는 가게 유리창을 통해 아침 햇살이 일직선으로 들어와 바닥을 비추었다. 가게 문은 몇 시에 여는 거지? 안 깨워도 되나? 한순간 고민했지만 나하고는 상관없는 일이라고 생각을 바꾸었다.

배고픈걸.

1층 복도를 살펴보니 가게로 가는 방향 반대편에 문이 하나 있었다. 주거 공간 같은 느낌이 들어 문을 열어보았다.

4인용 식탁이 있었고 그 안쪽으로 부엌이 보였다. 냉장고는 혼자 사는 사람답지 않게 컸다.

자랑은 아니지만 나는 남의 집 냉장고를 뒤져서 음식을 꺼내먹는 게 특기랄까, 일종의 취미였다. 음식 종류는 가리지 않는다. 그냥 조리하지 않은 소시지를 날것으로 먹어치우거나 하는 식이다. 그런다고 딱히 뭔가가 충족되지는 않지만, 내게는 허락 없이 마음대로 꺼내먹는다는 사실이 중요했다. 그렇게 먹은 음식의 기억은 어쩐지 오래도록 인상에 남았다.

유리 씨의 냉장고 속은 의외로 풍성했다.

내심 조금 더 휑하게 비어 있는 살풍경한 냉장고를 상상했었다. 그러나 현실은 달랐다.

조미료도 다양하게 갖춰놓았다. 유자 간장 소스에 마요네즈, 케첩 같은 기본적인 종류 말고도 혀가 꼬일 것 같은 이름의 드레싱도 보였다. 달걀, 버터, 마가린, 치즈, 우유가 눈에 띄었다. 평소에는 그냥 넘기는 신선실도 슬쩍 열어보았다. 이파리 채소가 많았다. 냉동실을 살펴보니 미리 해서 얼려놓은 밥과 값싼 대용량 바닐라 아이스크림이 들어 있었다. 얼음통에도 얼음이 가득했다.

아무래도 유리 씨는 꾸준히 요리를 해 먹는 타입인가보다.

의외였다. 매일 외식으로 때우는 사람일 줄만 알았다. 순간적으로 유리 씨가 일어날 때까지 기다릴까 하는 생각이 들었다. 그래서 뭔가 먹을 걸 해달라고 하면 어떨까? 스쳐 가듯 떠오른 그 이미지를 서둘러 머릿속에서 지웠다.

나는 손을 뻗어 미리 만들어놓은 그라탱을 집어 들었다. 이거 좀 먹는다고 불같이 화내지는 않을 테지.

데우는 게 낫겠지만 귀찮아서 그냥 먹기로 했다. 찬장을 뒤져 숟가락을 꺼내고 식탁에 앉아 그라탱을 입에 넣었다. 새우 살을 우물우물 씹는데 불쑥 낯선 목소리가 들려왔다.

"있지, 했어?"

돌아보니 웬 어린 여자아이가 인기척도 없이 들어와 거실 입구에서 눈을 살짝 치뜬 채 나를 빤히 쳐다보고 있었다.

보아하니 초등학생 같았다. 몇 학년이려나? 멍하니 생각하며 그 아이를 바라보았다. 어딘가 어른스러운 얼굴이라 약간 맹랑하게 보이기도 했다. 예쁘게 생긴 아이였다. 커서는 틀림없이 미인이 되겠지.

어린애를 보고 무슨 생각을 하는 거야? 나는 황급히 고개를 저었다.

그보다.

"넌 누구야?"

유리 씨 집에 왜 이런 어린애가 있는지 이해가 가지 않았다.

"했어?"

여자아이는 성큼성큼 다가와서 내 앞에 있는 의자에 앉았다. 아직 어려서 발이 바닥에 닿지 않았다. 그렇게 허공에 뜬 다리를 어린애처럼 달랑달랑 흔들기 시작했다. 그

동작은 어딘가 권태로운 분위기를 풍겼다.

"누구랑? 뭘?"

"엄마랑."

핏기가 싹 가셨다. 몸에서 힘이 탁 풀렸다.

엄마라고?

"섹스."

머리에 피도 안 마른 게 못 하는 소리가 없네.

"야, 그게 무슨……."

"그래서 그쪽은 엄마랑 어떤 관계가 되고 싶은데?"

"돌겠네……."

허를 찔린 기분이었다. 이런 어린애가 느닷없이 튀어나
올 줄은 꿈에도 몰랐다.

"야, 좀 조용히 해봐."

"코에."

"뭐?"

"야가 아니라 코에라니까. 야라고 불리는 걸 좋아하는
사람이 어딨어? 실례잖아. 제대로 부모님이 지어주신 내
이름으로 불러. 코에. 내 이름이야."

코에[4]라니, 그게 뭐야.

"엄청 특이한 이름이잖아. 학교에서 괴롭힘 안 당하냐?"

#4 코에 일본어로 코에(声)는 목소리(소리)라는 뜻임.

한때 화제가 됐던 엽기 네이밍[#5]하고도 조금 뉘앙스가 달랐다. 감기라도 걸리면 코에의 목소리(코에)가 쉬었다고 해야 되나? 헷갈리겠는데.

"야, 그쪽도 이름 말해줘야지."

나는 살짝 울컥해서 대답했다.

"카야마. ……유리 씨의 대학교 후배."

거짓말은 아니었지만 왠지 변명처럼 들리기도 했다.

애가 있으면 있다고 말을 해야 할 거 아냐.

내심 투덜거린 순간, 불현듯 더 무시무시한 가능성에 생각이 미쳤다.

그러고 보니 찬장에는 식기가 세 벌씩 들어 있었다.

설마, 유부녀?

나는 허둥지둥 주위를 둘러보았다.

혹시 딴 방에 남편이 있어서 자다 깨가지고 어슬렁어슬렁 나오는 거 아냐? 부부간의 전쟁에 끼고픈 마음은 조금도 없었다.

"아빠는?"

"먼 곳에 있어."

주말부부 같은 건가? 아무튼 마음이 놓였다.

"그래서 카야마 오빠, 엄마랑 어쩔 생각이야?"

#5 엽기 네이밍 최근 일본에서는 자식에게 바보나 악마 등 엽기적인 이름을 붙이는 부모가 늘어 사회 문제가 되었음.

오빠라는 호칭도 뭔가 낯간지러웠다.

"저기, 미리 말해두는데……."

"엄마는 포기하는 게 나아."

달랑달랑 흔들리던 코에의 다리는 어느새 멈추어 있었다.

"그럴지도 모르지."

나는 지고지순한 인간이 아니다. 호감을 느끼는 상대조차도 내게는 전혀 특별한 존재가 되지 못해서 조금만 성가신 일이 생기면 금세 도망치고 싶어진다.

"알아? 우리 엄마, 좀 이상해."

지금 여기서 코에와 마주 앉아 있는 이 상황 자체가 유리 씨의 그 이상함에서 비롯된 일처럼 느껴졌다.

"카야마 오빠한테는 벅찬 상대야. 감당 못 할 게 뻔해."

첫 단추를 잘못 끼운 탓인지 나는 초장부터 계속 무시당하는 중이었다.

"그건 모르는 일이지."

감당 못 할 게 뻔하다는 코에의 말에 그만 반항심이 싹트고 말았다.

"나중에 피눈물 흘리는 사람은 오빠일걸?"

2층에서 계단을 내려오는 소리가 들렸다. 문이 열리며 유리 씨가 안으로 들어왔다.

"둘 다 잘 잤어?"

그 얼굴에는 한 치의 동요도 없었다. 완벽하게 평소와 다름없는 태도였다.

"잘 잤냐고? 지금 그런 소리가 나와?"

나는 짜증이 나서 유리 씨에게 쏘아붙였다.

"처음부터 말했어야지."

"뭘?"

"애 말이야."

유리 씨는 그 지적에도 눈썹 하나 까닥하지 않고 내가 먹던 그라탱을 흘끗 보았다. 그리고 "어머, 멋대로 꺼내 먹었네?" 하고 웃더니 코에 옆에 앉았다.

"내 딸 코에야. 잘 부탁해."

유리 씨가 코에를 손바닥으로 가리키며 말했다.

"엄마, 이번 상대는 꽤 어리네?"

"아이참, 얘도."

유리 씨는 나무라는 듯한 목소리(코에)로 코에에게 말했다. 역시 헷갈린다.

"코에, 너 또 카야마한테 쓸데없는 소리 했지?"

"안 했거든?"

코에는 토라진 기색으로 대꾸하고 의자에서 내려가 식탁을 떠나더니 이쪽을 홱 돌아보았다. 경멸 어린 눈초리였다. 옛날에는 나도 저런 눈으로 어른들을 바라보았던 기억이 났다. 나는 이제 겨우 스무 살인데 벌써부터 저런 시선을 받아야 한단 말인가.

"엄마, 나 배고파."

"그래, 알았어."

유리 씨가 일어나서 냉장고를 뒤지기 시작했다. 나를 등진 채 고개를 숙이고 신선실을 들여다보는 유리 씨의 모습은 이것이 바로 이 집의 일상적인 풍경임을 암시하는 듯했다.

"카야마, 그라탱 말고 뭐 더 필요해?"

"응? 어, 아니."

딱 한 입 먹고 그대로 방치해둔 식탁 위의 그라탱을 내려다보았다. 숟가락으로 떠먹은 흔적을 보고 있자니 그제야 내가 이 집의 이물질이라는 사실이 실감 났다.

"나 갈게."

나는 힘겹게 몸을 일으켰다. 유리 씨는 이쪽을 돌아보지 않았다.

"또 놀러 와."

"다시는 오지 마."

유리 씨의 목소리와 코에의 목소리(코에)가 겹쳐졌다.

"봐서."

나는 누구에게랄 것 없이 그렇게 대꾸하고 가게 현관을

통해 밖으로 나왔다.

그날은 빗물받이 속 물웅덩이도 반짝일 만큼 아침 햇살이 강해서 나는 왠지 비난당하는 듯한 기분을 맛보았다.

4

꽤 충격이 컸지.

나는 그 후로 틈만 나면 그날 일을 떠올렸다.

지금껏 다양한 여자와 관계를 맺어왔다.

유부녀도 있었고, 남자 친구가 있는 여자와 자는 일도 비일비재했다. 그런 여자들과 잘 때면 오히려 횡재한 기분이 들었다. 정신적인 보살핌은 남에게 맡기고 오로지 성욕으로만 이어질 수 있다면 내게는 그것으로 충분했기 때문이다.

하지만 자식이 있는 여자는 처음이었다.

그 코에라는 이름의 초등학생.

아무리 생각해도 접근하기가 껄끄러웠다.

나는 여태까지 여자를 상대할 때 어려움을 느껴본 적이 없다. 다만 이번에는 상황이 달랐다. 자식이니 엄마니 하는 입장에 있는 여자와는 진지하게 이야기해본 기억조차 없을 정도였다.

코에에게 유리 씨는 엄마다. 그렇게 생각하니 내가 하는 행동이 나쁜 짓처럼 느껴져서 꺼림칙했다.

그래서 나는 한동안 유리 씨의 가게에 발길을 끊었다. 하지만 가만히 있어도 어느새 배가 고파 오고 졸음이 오듯 자연스럽게 성욕도 쌓여갔다. 적당히 여기저기로 계속 메시지를 보냈다. 상대가 누구든 상관없으면 편해서 좋다. 유일무이한 누군가를 사랑하는 것보다 눈앞에 있는 여자와 뒹구는 게 훨씬 마음 편했다.

[케이코: 카야마, 넌 나중에 뭐가 될 거야?]

[아무것도 안 돼.]

생각해봤자 소용없는 문제는 생각하지 않는다는 게 내 모토였다.

어차피 내일 당장 병이나 사고, 천지재변이나 원한에 의한 살인으로 세상을 하직하게 될지도 모르는 일 아닌가. 이를테면 바람피운 사실이 탄로 나서 옛날 여자의 남자 친구에게 칼침을 맞는다든가. 아주 터무니없는 가정은 아니다.

언제 죽을지도 모르는 마당에 앞일을 걱정해봐야 부질없는 짓이다.

욕망에 충실하게 즐기면서 살아간다.

그게 뭐가 잘못이란 말인가.

성실하게 노력하라는 말 따위 그저 패배자의 잔소리로 들릴 뿐이다.

성실하게 살 필요 없어.

그래봤자 어차피 죽을 테니까.

한밤중에 악몽에서 깨어나 편의점에 갔다. 딱히 살 게 있어서는 아니다. 원하는 게 아무것도 없다는 사실을 확인하듯 편의점에 가서 피울 마음도 없는 담배를 사 가지고 돌아온다.

비가 왔지만 결국 우산을 쓰는 수고를 감수하면서까지 편의점에 가고야 만다. 때로는 이렇게 편의점에 가는 게 일종의 중독처럼 느껴지기도 했다.

그럴 때면 나는 뭘 하는 걸까 하는 생각이 들었다. 자신의 욕망을 파악할 수가 없다.

편의점을 나서는데 전화가 왔다. 유리 씨였다.

"우산을 깜빡했어."

바보 같다고 생각하면서도 나는 유리 씨를 무시하지 못하고 결국 그녀가 비를 피하고 있다는 전철역 개찰구까지 갔다.

"땡큐."

"뭘 하다 이제야 들어오는 거야?"

역 안의 녹색 시계를 보니 자정이 넘은 시각이었다.

"궁금해?"

"딱히."

"비밀이야."

"우리 집에 갈래?"

내 제안에 유리 씨는 놀란 듯 눈이 휘둥그레졌다.

나는 그녀의 손을 잡고 내 방으로 데려갔다.

"뭔가 남자애 방이라는 느낌이 나네."

"꼭 그렇게 꼬박꼬박 애라는 말을 붙여야겠어?"

"앗, 레코드플레이어다."

유리 씨는 내 방에 있는 레코드플레이어에 반응했다.

"요즘은 아무도 LP판 같은 거 안 들어."

돈도 안 되는 일에 정열을 쏟는 유리 씨가 현실을 살지 않는 것처럼 느껴져서 싫었다. 그런 의미에서라면 나는 오로지 현실만을 살아간다.

"코에 아빠 말인데, 나랑 대학을 같이 다녔거든. 워낙 음악을 좋아하는 사람이라 맨날 음악만 들었어. 예를 들어 집에 들어오잖아? 그러면 무조건 제일 먼저 음악부터 틀었다니까."

"지금은 뭐해? 그 사람."

어딘가 먼 곳에 있다고 코에가 이야기했던 기억이 났다.

"죽었어."

아아, 그랬구나. 나는 납득했다.

그 사람이 죽었다는 사실에 무심코 안도하고 말았다.

"그 가게는 그이가 차린 거야."

"틀림없이 착한 사람이었겠지."

나는 반 이상 비꼴 작정으로 말했지만, 유리 씨는 그 사실을 알면서도 진지한 얼굴로 "맞아."라고 대답했다.

"평생 그 사람을 그리면서 살아갈 작정이야?"

분위기가 어색해졌다.

"그 이야기는 이제 됐어."

나는 이야기하는 데 싫증이 났다.

"그럼 카야마 네 이야기를 들려줘."

유리 씨가 침대로 다가와서 내 옆에 앉았다.

"너한테도 그런 사람이 있잖아?"

"뭐? 무슨 사람?"

"첫사랑 말이야."

나는 무의식중에 혀를 찼다.

"화났어?"

"우산 줄 테니까, 나가."

나는 문 쪽을 가리키며 유리 씨를 노려보았다.

"고마워."

유리 씨가 떠나고 나자 방에서 인기척이 사라졌다. 나는 문을 잠그고 드러누워 천장을 올려다보았다.

이놈이고 저놈이고 죄다 죽어버리니까 자꾸 상황이 꼬이는 거잖아.

문이 열리는 느낌이 났다. 이윽고 그 여자의 기운이 감돌기 시작했다. 나는 눈을 감고 몸을 웅크렸다.

좋아하는 사람이 더 드물겠지만 나는 장마철을 싫어한다. 우중충한 비가 추적추적 하염없이 내리며 지붕과 땅을 때린다. 눅눅한 공기도, 우산을 들고 다니는 것도 싫다. 밖으로 나가기가 싫어서 여자를 잇달아 집으로 불러들여 섹스를 했다.

그러던 어느 날, 나는 하루에 몇 명과 할 수 있는지 시험해보고 싶어졌다.

그래서 두 시간 간격으로 여자가 계속 찾아오게끔 약속을 잡았다. 내 목표는 여섯 명이었다. 최고 기록 갱신을 목표로 삼았기 때문이다. 게임에서 고득점을 노리는 감각이라고나 할까?

"미안, 내가 좀 일찍 왔지?"

그러다 실수로 여자와 여자가 딱 마주치고 말았다. 케

이코와 카나였다.

한바탕 난리가 날 줄 알았는데 그렇지는 않았고, 두 여자는 태연하게 서로 마주 보고 웃었다. 뭔가 으스스했다.

셋이서 차를 끓여 마셨다.

"카야마랑은 오래됐어?"

"당연히 아니지."

"난 오래됐어."

케이코는 재수할 때 학원에서 꼬신 여자로 나와 같은 시기에 도쿄로 진학했다.

"그럼 셋이서 할래?"

그렇게 묻자, 두 여자가 서릿발 같은 눈빛으로 나를 째려보았다.

대치 상태가 길어지는 바람에 다음 타자로 올 예정이었던 여자애와의 약속을 급하게 취소할 수밖에 없었다. 결과적으로 기록은 네 명에서 중단되었고, 최고 기록 갱신은 훗날을 기약해야 하는 처지가 되었다.

여자들이 떠나고 나서야 LP판을 돌려주는 걸 깜빡했다는 사실을 깨달았다. 반납 기한이 적힌 메모를 보니 벌써 지난 지 오래였다.

그 음반을 들었다. 여전히 알쏭달쏭하기만 했다. 여러 번 반복해서 들으며 눈을 감고 천장을 보았다. 현관에서 초인종이 울렸다. 누구지? 문을 열었다.

눈앞에 유리 씨가 서 있었다.

"……웬일이야?"

유리 씨의 얼굴은 어쩐지 화난 것처럼 보이기도 했다.

"음반, 돌려받으러 왔어."

지금도 그 선율이 흘러나오는 중이었다. 유리 씨는 허공을 가리키며 "이거."라고 말했다.

"아, 그게…….'

유리 씨가 방 안으로 들어왔다.

"그리고 연체료도 줘. 한 푼도 안 깎아줄 테니까 그렇게 알아. 5천8백 엔이야."

"5천8백 엔?!"

화들짝 놀란 나머지 나는 그만 목소리 톤이 약간 올라가고 말았다.

"뭘 놀라고 그래?"

"나한테 그런 돈이 어디 있어?"

"알바하면 되잖아."

"난 알바하는 거 싫어."

"왜?"

"나른하니까."

나는 한숨을 쉬고 라인을 켜서 돈 나올 구멍이 없나 물색하기 시작했다. 어디 구워삶기 편한 여자 없나? 내가 먼저 거리를 둔 여자.

"갑자기 휴대폰은 왜 들여다봐?"

나머지는 돈 빌릴 구실만 마련하면 된다.

"돈 빌리려고."

"뭐?"

"아, 맞다. 유리 씨도 뭔가 아이디어 좀 내봐. 돈 빌릴 구실이 필요해."

"그게 무슨 소리야?"

"좀 먼 곳에 사는 여자한테 『요즘 뭐해?』라고 물어봐서 상대방이 먼저 『한잔하러 가자』고 제안하도록 유도한 다음, 『거기까지 갈 차비도 없으니까 우선 입금 좀 해줄래?』라고 해볼까? 아냐, 안 되겠다. 그랬다가 여자 쪽에서 『내가 너희 동네로 갈게』라고 하면 그냥 같이 술만 마시고 땡이잖아. 뭔가 그럴싸한 핑계 없어?"

"카야마, 너 대체 얼마나 쓰레기인 거야?"

"나?"

나는 유리 씨를 보며 으스대듯 대꾸했다.

"베테랑 쓰레기인데, 왜?"

"일해라, 쓰레기."

유리 씨가 내 머리를 탁 때리며 말했다.

5

그리하여 나는 엉겁결에 유리 씨의 가게에서 아르바이트를 하게 되었다.

유리 씨의 가게는 장사가 잘 안 된다. 손님도 없어서 한가했다.

계산을 하고, 대여해 간 음반을 엑셀 파일에 기록해두기만 하면 된다. 그 밖에는 남는 시간에 가게 청소를 하는 정도였다.

아르바이트 이틀째부터는 그 청소마저 때려치우고 멀뚱하게 의자에 앉아 있게 되었다. 유리 씨는 꽤나 깔끔한 성격인지 내가 따로 치우지 않아도 가게 안은 비교적 잘 정돈되어 있었다.

한없이 편하고 널널한 아르바이트 자리를 얻고야 말았다.

시급은 천 엔이었다.

아무리 봐도 이 아르바이트는 지나치게 조건이 좋았다.

찾아오는 손님이라고는 하나같이 단골에 아저씨뿐이었다.

이 가게에 드나드는 손님은 크게 두 종류로 나뉘었다.

음악 애호가라는 티가 팍팍 나는 아저씨와 유리 씨를 노리고 오는 기색인 아저씨다. 이따금 양쪽이 합쳐진 아저씨도 있었다. 아무튼 손님의 80퍼센트가 아저씨였다. 나머지 20퍼센트를 차지하는 아주머니들은 아마 그냥 음악을 좋아해서 오는 거겠지. 일하기 시작한 지 얼마 안 되어 나는 손님의 얼굴을 거의 다 외우고 말았다.

"유리 씨랑 댁 말이야, 도대체 무슨 관계야?"

매일같이 오는 남자가 은근히 얕잡아보는 투로 물었다.

"애인인데요."

왠지 울컥한 내가 그렇게 응수하는 바람에 남자가 흠칫 움츠러든 순간, 누군가 내 귀를 힘껏 잡아당겼다.

"뭐야?"

돌아보니 코에가 옆에 서 있었다. 어느새 와서 우리 이야기를 엿들은 눈치였다.

"거짓말쟁이."

"그래도 드문 일이기는 해. 알바를 쓰다니."

"저 말고도 알바생이 있었어요?"

"응, 몇 년에 한 번꼴로 들어와. 그러다 몇 달쯤 지나면 불쑥 그만두고, 그러고 나면 한동안 공석으로 남지. 그러다 또 몇 년 지나면 새 알바생이 들어오고."

"이 가게요, 알바생 월급 주다가 망하는 거 아닌가 싶은데요."

"아, 돈 문제라면 걱정 마. 그 사이에 유리 씨가 다른 피아노 교실에서 일하는 모양이니까."

"네? 그건 또 무슨 소리예요?"

지금의 나처럼 가게를 지키는 사람이 따로 있을 때면 유리 씨는 다른 음악 학원에 나가서 피아노를 가르친다고 했다. 그 수입이 제법 짭짤한 편이라 아르바이트생을 써도 결과적으로는 남는 장사라는 이야기 같았다.

"그럼 차라리 이딴 가게 싹 접어버리고 피아노 강사로 뛰는 편이 낫지 않아요?"

"유리 씨는 가급적 이 가게를 유지하고 싶을 거야. 왜냐하면 여기 있는 음반들, 발광병으로 죽은 남편의 유품이니까."

나는 눈썹 하나 까닥하지 않았다.

다만 어딘가 복잡한 기분이 들기는 했다.

여름 방학 전의 기말고사를 나는 모조리 째버렸다. 시험을 볼 마음이 나지 않았고, 어찌 되든 상관없다는 심정이었다.

그 대신 나는 유리 씨 가게에서 아르바이트를 했다.

"저기, 카야마. 너 지금 시험 기간 아니니?"

"맞는데요. 어차피 학점은 포기했거든요."

내 말에 유리 씨는 이해가 안 간다는 표정으로 하품을

했다.

"세상을 좀 더 영리하게 살아야지. 그거 알아? 우리 옆옆집, 강의 노트 복사본 판매점인 거. 그 왜 우리 집 단골 아저씨 있잖아."

"유리 씨는 착실해 보이는데 가끔 쓰레기 같은 소리를 하더라."

"나 말이야, 겉보기에는 착실해 보이잖아?"

실제로 유리 씨는 자세도 바르고 행동거지나 말투도 착실해 보인다. 어른이라고 해도 손색이 없는 나이건만 지금도 어딘가 「우등생」이라는 말이 어울리는 구석이 있었다.

"고등학교 때까지는 정말 그랬지만, 왠지 지겨워졌거든."

그게 지겨워지고 말고 할 문제인가?

"얼마나 막살면 야단맞으려나 궁금해서 겉모습이나 분위기는 반듯한 상태로 시험해봤더니 놀랍게도 아무도 간섭 안 하더라고. 그래서 타락했지."

"저는 그런 겉치레조차도 귀찮아하는 타입이라서요."

나는 하품을 하고 다리를 꼬았다. 그리고 대화의 흐름과 상관없는 혼잣말을 했다.

"아, 졸려 죽겠네."

"사회에 나가면 손해 볼걸?"

"그러든 말든 신경 안 써요."

학기 초에 그나마 착실하게 수업을 듣던 시절, 교단에 선 강사가 했던 말이 문득 떠올랐다. 얼굴이 우중충했으니 십중팔구 시간 강사겠지.

『오늘 죽을 것처럼 살고, 평생 살아갈 것처럼 배워라.』

강의를 시작하자마자 대뜸 그렇게 학생들 앞에서 훈계를 늘어놓았다. 그렇게 살 수 있는 사람들은 그렇게 살면 된다.

반면에 나는 내가 언제 죽어도 상관없도록 살고 있다.

딱히 후회 없는 삶을 살려고 노력한다는 말은 아니다.

나 자신에게 아무것도 기대하지 않고, 그래서 설령 지금 당장 죽는다 해도 특별히 아쉬울 게 없다는 마음가짐으로 산다는 뜻이다.

가게 구석에서 쿠션이 엉덩이 모양으로 움푹 꺼진 너도밤나무 스툴을 끌어와서 앉았다. 내가 앉자 반대로 유리 씨가 일어서더니 진열장에서 LP판을 꺼내 매장에 흐르는 노래를 바꾸었다. 어쩌면 그녀는 같이 있는 사람에게 맞추어 음악을 바꿔 트는 타입인지도 모른다.

"카야마 너 그러다 유급하는 거 아니야?"

"그럴지도."

"장래가 걱정스럽네."

문득 유리 씨의 귀에서 반짝이는 귀걸이를 보고 저런

걸 하는 사람이었나? 하고 생각했다.

"괜찮아, 그냥 기둥서방이나 하면 되니까."

"아하, 하긴 그런 길도 있구나."

유리 씨는 감탄한 기색으로 대꾸했다.

"근데 기둥서방이 되는 걸 인생의 목표로 삼아도 괜찮겠어?"

"오히려 바라는 바야."

"그건 네가 네 인생의 주인공이 아니게 된다는 뜻인데?"

"그럼 주인공인 기둥서방을 목표로 하지 뭐."

"할리우드보다는 칸이겠네. 아, 그럼 다음에 소개시켜 줄까?"

"누구? 여자?"

"나랑 친한 기둥서방. 네 선배."

그게 뭐야. 나는 맥이 빠졌다.

"그딴 쓰레기, 차단해버리지 그래?"

"너무해. 대학 시절부터 친구였는데."

"나쁜 물이 든다고."

"애초에 나부터가 쓰레기니까, 오히려 내가 물들이는 쪽 아닌가?"

어디까지가 진담인 걸까. 유리 씨는 어쩐지 어른 같은 느낌이 들지 않았다. 어른이 되는 데 실패한 어린아이의 말처럼 들렸다. 그런데도 자꾸만 그녀가 하는 말보다 그 인상을 더 믿고 싶어지니 탈이다.

"유리 씨는 성실하니까 쓰레기를 동경하는 거야."

"그 말은, 넌 진정한 쓰레기고 난 컨셉이라는 뜻이야?"

대꾸하기가 귀찮아져 나는 잠시 대화를 중단하고 침묵했다. 그사이에 유리 씨가 커피를 두 잔 타 왔다.

"남자 친구는?"

"없을걸?"

"만들 생각은?"

"딱히."

"어째서?"

이번에는 유리 씨가 성가시다는 표정을 지었다.

"좋아, 남자 친구를 만들자! 라는 식으로 작정하고 애인을 만들어야 돼?"

"몰라. 나도 그런 생각은 해본 적이 없거든."

그리고 나는 잠시 생각한 끝에 덧붙였다.

"그냥 어쩌다 보니 사귀게 되는 패턴도 있기야 하겠지. 하지만 대개는 좋아하게 돼서 사귀는 거 아닌가?"

"좋아하게 되는 것도 귀찮고, 좋아하지 않는 사람하고 사귀는 것도 귀찮잖아."

구체적인 누군가를 떠올리는지 유리 씨가 멍하니 시선

을 허공에 두고 대꾸했다. 캐묻는 것도 우습다 싶어 나도 내 과거를 돌이켜보았다.

"하지만 카야마 넌 아직 귀찮아할 만한 나이가 아니야."

"됐어. 귀찮게 느껴지는 상대하고 억지로 진지하게 사귀는 것도 불성실하기는 마찬가지잖아. 어차피 불성실할 바에야 철저하게 불성실한 게 그나마 성실한 거라고."

"무슨 소리인지 모르겠어. 그냥 말장난이잖아."

남의 말을 진지하게 들으려면 어떻게 해야 할까. 성실해질 계기를 찾을 수가 없었다. 아마도 나는 여태까지 살면서 몇 번인가 찾아왔던 성실해질 기회를 놓쳐버리고 만 거겠지. 그리고 그 기회를 놓치고 나면 좀처럼 본인의 타이밍에 맞추어 변화하지 못한다. 사람이 자기가 원하는 타이밍에 맞추어 변하기는 대단히 어렵다.

6

여름 방학이 시작된 후, 나는 불현듯 요즘 들어 한 번도 이 동네 밖으로 나간 적이 없다는 데 생각이 미쳤다.

아르바이트가 없는 날, 나는 도심으로 향했다. 그리고 할 일이 아무것도 없음을 깨달았다.

기왕 도쿄까지 온 김에 휴대폰으로 오카다의 주소를 검

색해보기로 했다.

전철로 몇 정거장 거리였다. 15분 정도만 가면 되는 곳이었다. 그런데도 솔직히 망설여졌다. 오카다를 만나도 될지 자신이 없었다. 나 자신이 뭔가 어중간한 존재처럼 느껴져서 만나기가 껄끄러웠다. 그래도 결국 나는 오카다에게 라인을 보냈다.

오카다네 집 근처 술집에서 만났다. 오랜만에 보는데도 내게는 할 말이 별로 없었다. 그래서 오카다의 이야기를 듣기로 했다.

"의대, 많이 바쁘냐?"

"딱히 그렇지도 않아."

대답과는 달리 오카다의 표정도 왠지 우울해 보였다. 그 모습에 나는 불현듯 오카다에게 묻고 싶어졌다. 너도 그게 보여? 하지만 차마 그런 질문을 할 수는 없었다.

"카야마 넌 어때? 학교는 재미있어?"

"재미있을 리가 있겠냐?"

나는 한숨을 쉬었다.

"요즘 들어 느끼는 건데, 난 삶에 의욕이 없는 거 같아."

"그건 내가 어떻게 해줄 수 있는 문제가 아닌데."

"아마 학교도 그만둘 거야."

"그만두고 어쩌게?"

"어떻게든 되겠지."

"그야 그렇겠지만."

나를 보는 오카다의 눈길이 어쩐지 싸늘하게 느껴졌다. 왜 그런 눈으로 날 보냐고 생각했다.

"오카다, 너 여자 친구 생겼냐?"

"생기든 말든 상관없잖아."

"그렇기는 한데."

우리의 대화는 그렇게 미적지근한 상태로 마무리되었다.

오카다와 헤어져서 집으로 돌아왔지만 밤이 되어도 어쩐지 마음이 편치 않았다. 아니, 내가 마음이 편해지고 싶은지 아닌지조차 알 수 없었다.

눈을 감고 이불을 뒤집어쓰자 곧 의식이 무(無)가 되었다. 그러다 퍼뜩 의식이 되돌아왔다.

그 순간 불현듯 생각했다.

언젠가 나는 이런 식으로 죽게 되겠지.

무(無) 속으로 녹아들어 가듯.

다른 사람들은 도대체 어떻게 이런 공허함을 이겨내는 걸까?

태어나고 살고 죽는다. 의식이 무로 돌아가 아무것도 인식하지 못하게 된다. 그런 비정함과 어떻게 타협해야 좋을지 갈피를 잡을 수가 없었다.

목이 말랐지만 집에는 마실 게 하나도 없었고, 그렇다고 수돗물을 마실 마음도 나지 않았다. 그래서 슬리퍼를 질질 끌고 집을 나섰다. 편의점으로 음료수를 사러 갔다. 그렇게 걸어가다가 문득 아는 얼굴을 발견했다.

코에였다.

새벽 두 시가 넘었는데 초등학생이 이런 야밤에 돌아다닌다고? 의아했지만 무시할 수도 없는 노릇이라 말을 걸었다.

"야, 너 뭐 하냐?"

이런 상황이 벌어지게 놔두는 유리 씨한테도 문제가 있다.

"산책."

코에는 나를 보고 내뱉듯이 대꾸했다.

나는 그대로 자연스럽게 코에를 따라갔다.

"뭐야?"

불만을 표시하기는 했지만 코에의 말투는 그다지 날카롭지 않았고, 보폭이 다르다 보니 금세 따라잡아 둘이 나란히 걷게 되었다.

"이러고 다니니까 꼭 카야마 오빠가 날 유괴하는 거 같네."

그렇게 코에는 기묘한 염려, 아니 배려를 드러내며 말했다.

"그러니까 경찰 아저씨가 잡아가기 전에 떨어지는 편이

좋아."

그 어쭙잖은 우려에 나는 그만 코웃음을 치고 싶어졌다.

"그런 걱정은 접어둬. 그보다 너 유리 씨한테 이야기는 하고 나온 거야?"

"했을 리가 없잖아. 괜찮아, 엄마는 한번 잠들면 업어 가도 모르니까."

"야……."

"오빠, 우리 엄마 좋아해?"

"딱히."

싫어하지는 않지만.

"좋아한다거나 하는 건……."

잘 모르겠다.

"그럼 왜 엄마랑 같이 잤어?"

"그냥, 이래저래."

적당히 속여 넘길 수 없는 상대는 성가시다. 그런 상대와 진지하게 마주할 때면 마음이 무거워진다.

어쩌면 코에는 내게 뭔가를 기대하는지도 모른다. 하지만 그런 문제에 명확한 답은 존재하지 않는다. 어딘가 어린애다운 착각이라는 생각이 들었다. 애들은 틈만 나면 왜냐고 묻지만, 그 이유가 뭔지는 나도 잘 모른다.

"옛날에 엄마한테 물어봤거든. 아빠는 어디 갔냐고. 그랬더니 별님이 됐다지 뭐야? 아, 이건 거짓말이구나 싶었어. 그래서 책을 보고 연구했지. 카야마 오빠, 그거 알아? 사람은 다시 태어난다?"

"아, 그래?"

바보 아니냐는 생각이 들었지만, 그래도 이런 이야기를 하는 게 차라리 마음 편했다.

"오빠는 모르는구나. 윤회전생이라고 하는데, 죽으면 그 사람은 다른 존재로 다시 태어난대."

황당무계한 소리라고 생각했다.

"그러니까 이 세상 어딘가에는 말이야, 다시 태어난 아빠가 있을 거야."

코에는 그렇게 말하며 미소 지었다.

"다시 태어난 아빠는 날 보고 싶어 해. 근데 기억을 잃어버려서 내 존재를 눈치채지 못하는 거지. 그러니까 아빠가 곤란하지 않게 내가 먼저 찾아내 주려고."

애들이 하는 이야기는 어느 정도 나이가 든 사람에게는 성가시게 느껴지기 마련이다. 두서도 없고 무엇보다도 허무맹랑하니까. 그래서 코에와 어떤 식으로 대화를 이어나가야 좋을지 통 감이 잡히지 않았다. 나는 어느새 내가 어린아이였던 시절의 감각을 싹 잃어버린 모양이다.

"아빠를 찾아서 뭘 하게?"

만약 내가 여기서 갑자기 실은 내가 너희 아빠라고 주장하면 어떻게 될까?

"그건 생각 안 해봤어."

코에는 허를 찔린 듯 약간 멍한 얼굴로 대답했다.

"뭔가 하고 싶은 이야기 같은 건 없고?"

"카야마 오빠한테는 있어?"

"뭐?"

"만약 죽은 사람을 만나면 하고 싶은 말."

그 질문에 나는 잠시 생각에 잠겼다. 난 무슨 말을 하고 싶을까. 죽은 사람들을 떠올려보았다. 하나같이 앳된 모습 그대로인데 나 혼자만 나이를 먹어간다.

"글쎄, 난 주변 사람이 죽은 적이 없어서 잘 모르겠는데."

"그래?"

코에는 그 이상 내게 아무것도 묻지 않았다.

엄마한테 말 안 할 거지? 약속. 밤 산책에 관해 코에는 내게 단단히 입단속을 시켰지만, 나는 어린애와 한 약속을 우직하게 지킬 위인이 아니었다.

"유리 씨."

아르바이트 도중에 나는 유리 씨에게 고자질했다.

"코에가 밤중에 나와서 돌아다니던데."

유리 씨는 놀란 얼굴로 "또?"라고 물었다.

"예전에는 자주 그랬거든."

어떡하지? 큰일이네. 유리 씨는 바닥을 보며 중얼거렸다.

"따끔하게 주의를 주면 되잖아?"

"난 코에한테 세게 못 나가."

"왜?"

"찔리는 구석이 있어서가 아닐까? 여러모로."

있어서가 아닐까? 하고 되물어본들 내가 알 리 없지 않은가.

"내가 이 모양이라서 코에까지 그러는 걸까?"

"이보세요, 그런 반성은 혼자 알아서 하시고요. 어린애가 혼자 나돌아다니면 위험한 게 당연하잖아."

"맞아, 그렇지. 알았어."

그렇게 대답한 유리 씨는 가게 안쪽을 향해 소리쳐 코에를 불러냈다.

"코에!"

"왜 불러?"

자신을 찾는 소리에 코에는 퉁명스러운 얼굴로 유리 씨와 대치했다.

"밤중에 나다니면 안 돼."

"안 그랬어."

"카야마한테 다 들었거든?"

그 지적에 코에는 갑자기 싱겁게 백기를 들고 "알았어." 라고 대답했다. 그리고 나를 매섭게 쏘아보다가 "이제 가도 돼?"라고 묻더니 대답이 돌아오기도 전에 집 안으로 쏙 들어가 버렸다.

유리 씨는 땅이 꺼지도록 한숨을 쉬고 카운터에 얼굴을 묻었다.

"난 못난 엄마야."

아니라고 위로할 마음은 나지 않았다.

"카야마, 부탁이 있는데."

"싫어요."

"아직 한마디도 안 했잖아. 일단 들어봐, 응?"

점점 더 성가신 일로 발전해가는 분위기였다. 슬슬 물러날 때라는 느낌이 들었다. 이쯤에서 유리 씨 모녀와는 두 번 다시 얽히는 일이 없도록 발을 빼는 편이 낫다. 지금처럼 계속 관여하다가는 골치 아픈 사태가 벌어질 게 뻔했다.

"카야마 너도 코에를 좀 야단쳐주지 않을래?"

"나른하니까 무리야."

"내가 야단쳐봤자 안 듣는단 말이야."

그럴 의무는 없고 그러고 싶은 마음도 없는 데다 무엇보다도 뭐라고 야단쳐야 좋을지는 나도 알 도리가 없었다.

집으로 돌아가는데 어린애 발소리가 뒤따라왔다. 돌아보니 코에였다.

"카야마 오빠, 날 배신하다니."

"딱히 배신 안 하겠다는 약속은 안 했잖아."

"난 오빠를 믿었는데."

"멋대로 믿지 마."

성가시다고 생각하며 나는 걸음을 옮겼다. 코에와 이야기하는 게 성가셨다.

"야, 코에 너 좀 지나치게 응석 부리는 거 아냐?"

내 말에 코에는 깜짝 놀란 표정을 지었다.

"모든 사람이 다 널 걱정할 거라고 생각하면 오산이야."

나는 차가운 목소리로 그렇게 내뱉었다.

"지난번에는 내가 거짓말을 좀 했는데."

"거짓말?"

"내 주변 사람, 죽었어. 두 명."

"누구?"

그 질문에 나는 대답하지 않았다.

그리고 나는 혼자 걸음을 옮겼다. 코에는 더 이상 나를 쫓아오지 않았다.

횡단보도 건너편에 머리 긴 여자가 보였다. 그 모습이 눈에 익었다. 기다려! 날카롭게 외치며 나는 땅을 박찼다. 그 순간 트럭이 눈앞을 가로질렀다. 화들짝 놀라 멈추어 섰다. 다시 정신을 차렸을 때, 그 여자는 이미 인파 속으로 사라진 후였다.

7

그로부터 며칠 후, 또다시 밤거리를 배회하는 코에를 보고 나는 망설였다. 무시하면 그만인데 코에의 모습이 너무나 무방비해 보여서 자꾸 참견하고 싶어졌다.

"야, 집에 가라."

코에는 역 앞 화단의 경계석에 앉아서 휴대폰을 들여다보다가 내가 말을 걸자 성가시다는 듯 고개를 들었다.

"싫어, 내 맘이야."

"넌 초등학생이잖아. 경찰이 잡아간다."

시험 삼아 정론을 내세워보았다.

"상관없어."

"유리 씨는?"

"엄마? 뭔가 잔소리를 하기는 했는데."

코에는 허공을 보며 기억을 더듬는 표정을 지었다.

"옛날에 내가 하도 말을 안 들으니까 자기 전에 밧줄로 묶어놓으려고 하길래 학대라고 소리 지르면서 길길이 날뛰었거든. 그 뒤로 엄마는 겁먹었어. 우리 엄마, 엄마 노릇에 전혀 자신이 없으니까."

이딴 꼬맹이, 정말 싫다. 나는 옆에 앉아서 코에를 노려보았다.

"너 이러는 이유가 뭐냐? 걱정해주기를 바라는 거야?"

"내가 바보인 줄 알아?"

"응."

"집이 싫어. 엄마가 무서워."

"별로 안 무섭잖아?"

"그게 아니라 다른 쪽으로 무서워."

코에는 무슨 말인지 알지? 라는 표정을 지었다. 하기는 그러고 보면 나도 이따금 유리 씨가 그런 의미로 무섭기는 했다.

"그래, 그럼 난 간다."

깊이 관여하지 말자고 생각을 바꾸고 나는 몸을 일으켰다.

"카야마 오빠, 진짜 무책임하네."

"애초에 책임질 것도 없잖아."

책임 따위 어디에도 존재하지 않는다. 나는 그 어떤 책임도 질 필요가 없도록 항상 조심하며 사니까.

내가 걸음을 옮기자 코에가 졸래졸래 뒤따라왔다.

"뭐야?"

내가 성질이 나서 쏘아붙이자, 코에는 천연덕스러운 표정으로 "나도 그쪽에 볼일이 있거든." 하고 대답했다.

"우리 말이야, 역시 보기에 따라서는 오빠가 날 유괴하는 것처럼 보이지 않으려나?"

"내가 그렇게 수상쩍지는 않거든? 뭣보다 너처럼 골치 아픈 애를 누가 유괴한다고 그러냐?"

나는 조금 어이없어하며 응수했다. 그러자 코에는 왠지 간절한 표정으로 "유괴해줘."라고 말했다.

"그러면 내가 범죄자가 되잖아."

"멋있잖아, 범죄자."

"그래?"

"죽는 것보다 멋있어."

"근데 주인공이 범죄자면 대부분 죽잖아?"

"응, 그러네."

오밤중에 이렇게 초등학생하고 터덜터덜 산책이나 하는 나란 놈은 도대체 뭔가 하는 생각이 들었다.

"유괴 말인데, 한번 생각해봐."

마지막으로 그렇게 덧붙이고 코에는 얌전히 집으로 돌아갔다.

"코에가 잘 따르다니 신기하네."

이튿날 밤, 나는 유리 씨 집에서 귤을 먹고 있었다.

"딱히 걔가 날 따르는 건 아니라고 보는데."

이 집에는 TV가 없어서 밤이 되면 조용하다.

유리 씨는 마룻바닥에 드러누워 다리를 공중으로 치켜들고 달랑달랑 흔드는 중이었다. 뭐지? 미용에 도움이 되는 체조인 걸까, 아니면 단순히 재미로 저러는 걸까? 어쩐지 후자처럼 보여 살짝 짜증이 났다.

"유리 씨, 정신 좀 똑바로 차려."

내가 어이없어하며 말하자, 유리 씨는 무표정하게 천장을 응시하며 "매일 우울해서 죽을 것 같아."라고 대꾸했다.

"상처 입었다는 건 당신의 특권이 아냐."

"이딴 집, 싹 불타버리면 좋겠다고 가끔 생각해."

유리 씨는 그 정신 사나운 체조를 그만두고 똑바로 누워서 눈을 감았다. 그 모습은 꼭 죽은 사람 같았다.

"왜 그런 소리를 해?"

유리 씨는 내 말에 대답하는 대신 "코에랑 같이 놀아 줘."라고만 했다.

결국 코에가 밤에 외출할 때는 내가 따라가는 것으로

결론이 나고 말았다.

"오빠는 마음 가는 대로 사니까 멋져 보이는 걸까?"

둘이서 걷는 동안 띄엄띄엄 흘러나온 잡담은 막힘없이 쭉 이어진 게 아니라 간헐적으로 이루어졌다. 전부 어슷비슷해 보이는 어두컴컴한 길을 걷다 보니 어디서 끊기고 어디서 재개되었는지조차도 불분명한, 두서없는 대화였다.

"딱히 그렇지도 않은데."

"학교 안 가잖아. 난 꼬박꼬박 간단 말이야."

인생을 내팽개치는 건 기분 좋은 일이다. 성실함보다 불성실함이 더 성실하게 느껴졌다.

"오빠는 끝까지 멋진 모습으로 남아줘. 이상한 아저씨가 되면 안 돼."

"나이 들면 어차피 이상한 아저씨가 될걸?"

"그전에 죽으면 되잖아."

그렇게 간단한 것도 모르냐는 듯 코에가 말했다.

"코에 너도 그럴 생각이야?"

"나? 난 20대일 때 죽고 싶어."

코에는 따분한 기색으로 하품을 했다. 졸리면 가서 자든가. 나는 내심 혀를 찼다.

"왜냐면 다들 그러잖아? 그러고 살면 어른 돼서 고생한다고. 그렇게 해서 어른으로 만들려고 하잖아. 밥벌이니

현실이니 하면서. 그럼 간단한 해결책이 있지 않나 싶더라고. 어른이 되기 전에 죽으면 영원히 어른이 되지 않아도 돼. 그러니까 오빠도 그렇게 해."

"어차피 죽지 못하고 살아남게 돼."

어른이 되기 전에 죽고 마는 병이 있는가 하면 어른이 되지 못하는 인간도 있다. 그런 의미에서는 난 그런 인간이 되고 싶은 건지도 모른다.

학교 강의실에서 블루투스 이어폰으로 음악을 듣는데 누군가 말을 걸어왔다.

"표정이 어둡네. 실연이라도 당했어?"

고개를 드니 옆에 카나가 있었다.

"뭐야? 정답인가 보네?"

귀찮아서 침묵을 지켰다. 그러자 카나가 이어폰을 빼려고 내 귀를 만졌다.

"성가셔."

나는 불쾌한 목소리로 쏘아붙였다.

"왜 그렇게 맨날 괴로워 보여?"

그 질문에 나는 그만 당황하고 말았다.

"내가 괴로워 보여?"

"응. 당장이라도 죽을 것 같다고 해야 하나, 죽을상이 보여."

카나는 고개를 절레절레 저으며 깊은 한숨을 내쉬었다.

"제대로 된 연인이라도 만들면 좀 나아지려나?"

불현듯 떠오른 생각에 그렇게 말하자, 그녀의 얼굴이 어두워졌다.

"자기가 편해지자고 연인을 만들어 이용하자는 그 발상부터가 문제고, 카야마 너한테 연인이 생길 리 없잖아."

"어째서?"

"넌 사랑할 줄 모르니까."

"나도 하거든? 사랑. 그보다 사랑이란 게 뭔데?"

"나도 몰라."

불현듯 묘한 충동이 일었다. 어쩌면 그것은 말기 환자가 맞는 모르핀처럼 이윽고 죽음을 맞게 될 인간으로 하여금 일시적으로나마 고통을 잊게 해주는 마약 같은 존재인지도 몰랐다.

"지금 한가해?"

그렇게 묻자 그녀는 "응? 뭐 그렇긴 한데." 하고 비교적 기쁜 얼굴로 대답했고, 나도 실제로 한가했으므로 어떡할까 잠시 고민했다. 그러다 일단 운을 떼는 느낌으로 집에 가도 되느냐고 물었다. 괜찮다고 하길래 그녀의 집으로 갔다.

집은 색다른 구석이라고는 없는 평범한 원룸이었다. 방 안은 깨끗했다. 깔끔한 성격인가 보다. 의외로 여자다워서 신기했다. 하지만 그 신기함도 이내 내 안에서 시들해져, 그 신기하다는 감각에 질리고 말았다.

뒤이어 방에 있는 물건들을 하나씩 살펴보았다. 방향제 병, 책꽂이에는 인테리어와 맛집 책, 웬 남자 아이돌의 응원용 부채가 보였다. 베개 커버는 아무래도 마리메꼬(marimekko)인 것 같았다.

"담배 피워도 돼?"

내 질문에 그녀는 창밖을 가리키며 베란다에서 피우라고 했다.

성가시다고 생각하며 베란다로 나갔다. 의외로 바람이 차서 움찔했다. 빈 페트병을 챙겨주는 게 재떨이 대용으로 쓰라는 뜻인 듯했다.

담배를 몇 개비 피우며 머리를 비웠다. 유리 씨에게 라인을 보내려다 말았다. 고쳐 쓰고 또 고쳐 쓴 끝에 결국 그만두었다.

뭔가 조작을 잘못했을 때 아이폰을 흔들면 리셋할 수 있다. 아이폰을 수없이 흔들다가 마침내 포기했다.

그런 다음 고개를 거칠게 저었다.

그러는 사이 여자가 내게 뭔가 말을 걸어왔다.

"있잖아."

여러 번 불렀지만 아는 척도 하지 않았다.

하품을 하면서 담배를 피우고 피스톨스의 노래를 불렀다.

그러다 뒤돌아보니 여자가 창문을 걸어 잠그는 모습이 보였다.

"뭐야, 장난쳐?"

창문을 쿵쿵 쳤다. 하지만 여자는 뭔가의 앙갚음을 할 작정인지 이쪽은 거들떠보지도 않고 TV를 켜서 보기 시작했다. 그 얼굴은 섬뜩할 만큼 무표정했다.

베란다에서 유리창을 통해 그 광경을 보고 있자니 소극장 연극 무대를 보는 것 같은 기분이 들기 시작했다.

평범한 대학생의 생활.

그 모습을 보기 싫어서 나는 유리창을 세게 찼다. 여자는 여전히 반응이 없었다. 좋아, 네가 어디 안 열어주고 배기나 보자. 그렇게 작심하고 발길질을 하는 사이, 감정이 격해져서 나는 있는 힘껏 유리창을 걷어찼다.

유리가 와장창 깨졌다.

"무슨 짓이야?!"

여자는 어안이 벙벙한 기색이었다.

나는 그 말을 무시하고 방을 나섰다.

나는 그길로 곧장 유리 씨의 레코드점으로 향했다.

특별히 뭔가를 기대했던 것은 아니다.

유리 씨는 가게에서 카운터를 지키고 있었다.

"나 유리 씨가 좋아."

그렇게 선언하자 유리 씨는 놀란 얼굴을 했다.

"나도 카야마 네가 좋아. 착한 애고."

"그런 속 보이는 연극은 됐어."

내 말에 유리 씨는 난감한 표정이 되었다.

"갑자기 진지하게 그런 말을 하면 난처한 게 당연하잖아. 게다가……."

유리 씨는 뭔가를 떠올리는 듯한 얼굴로 말을 이었다.

"카야마 네가 여자애랑 같이 다니는 모습, 자주 봤거든. 여자가 궁한 것처럼 보이지는 않던데?"

"아니, 그런 게 아니라……. 유리 씨, 혹시 남자 친구 있어?"

유리 씨는 한숨을 쉬며 말했다.

"놀라지 않을 거지?"

어쩐지 불길한 예감이 들어 나는 "아니, 그거야 모르지." 하고 대답했다.

"나 말이야, 카야마 너랑 똑같아."

"뭐가?"

되물은 순간, 어떤 가능성에 생각이 미치는 바람에 나는 그만 눈앞이 깜깜해졌다.

"많이 있다고."

유리 씨는 야릇하게 웃으며 양손을 펼쳐 보였다. 손가락 수만큼 남자가 있다고 말하는 것처럼 들렸다.

"아하, 응."

나하고 동류라는 사실을 알게 됐을 뿐인데 왜 이렇게 충격이 큰 걸까.

"그렇구나. 괜찮아."

"괜찮다니? 딱히 카야마 너한테 허락을 받아야 할 문제도 아니잖아."

"아니, 그런 뜻으로 한 말은 아니었어."

유리 씨는 살짝 시선을 돌리고 "어떡할까?" 하고 중얼거렸다.

"나 연하가 취향이거든."

검지를 턱에 댄 유리 씨가 생각에 잠긴 기색으로 말했다.

"오늘은 이만 가보는 게 어때?"

그 말에 나는 왠지 머쓱해졌다. 갑자기 뭔가 무안한 기분이 들어 후다닥 가게를 빠져나왔다.

집에서 자는데 오카다한테서 전화가 걸려왔다. 무시했

더니 곧이어 용건만 담은 라인이 왔다. 읽음 표시가 생기지 않도록 확인했다.

와타라세 마미즈의 성묘에 관한 내용이었다. 올해는 안 간다고 답장을 보냈다.

[오카다, 너 혼자 다녀와.]

왜 그렇게 썼는지는 모르겠다. 하지만 내가 계속 오카다에게 꼽사리 껴서 다니는 건 뭔가 좀 아니라는 생각이 들었다.

나는 그녀와 아무 사이도 아니었다. 그러니 서서히 사라져주는 게 올바른 대응처럼 느껴졌다.

오카다가 혼자 마음껏 슬퍼할 수 있게 해주고 싶었다. 하지만 그런 속내를 일일이 설명하기도 귀찮아서 나는 그것으로 대화를 끝냈다.

그로부터 다시 며칠 후, 유리 씨가 나를 불러냈다.

"이번에 코에 학교에서 운동회를 하거든."

"아하."

관심도 없을뿐더러 관심 있다고 오해받는 것도 왠지 싫었다.

"나 대신 좀 가주지 않을래?"

유리 씨의 부탁은 이쪽이 거절할 것까지 계산에 넣고

하는 말이라서 성가시다.

"다른 남자한테 부탁하면 되잖아요."

유리 씨의 페이스에 휘말려든 느낌이 들었다.

"다들 바쁘거든."

"나도……."

"오늘 여기 오기 전에 뭐 했어?"

"학교 공부?"

"누가 들어도 거짓말이잖아. 어차피 잤을 거 아냐?"

유리 씨는 내게 운동회 안내문을 떠넘겼다. 뭔가 쓰여 있었다. 학부형 릴레이. 일이 이상하게 돌아가는 느낌이었다.

"친척 오빠라고 해둘 테니까. 알았지?"

그 안내문을 보고 있자니 왠지 유리 씨가 나를 시험하는 것 같아서 기분이 상했다.

"알바비 줄까?"

유리 씨의 말에 약간 울컥해서 "됐어."라고 대답하는 내 목소리는 생각했던 것보다도 더 거칠었다.

운동회 당일, 더러운 기분으로 스타트 라인에 섰다. 학부형이 뛰는 게 뭐가 재미있다는 건지. 하여간 악취미라니까.

옆에 있던 아저씨가 느닷없이 "너 유리 씨랑 잤어?" 하고 내 귓가에 대고 속삭였다.

"뭐?"

나는 도끼눈을 뜨고 그 남자를 노려보았다.

"아니, 뭔가 이상하다 싶어서."

나는 대답 대신 혀를 찼다.

"째끈하지, 그 여자."

나는 발끈해서 그 작자의 미간을 향해 주먹을 휘둘렀다. 그러자 그 인간이 날아드는 내 손을 잡았다.

"그게 뭐 어쨌다고?"

무릎에 힘을 팍 주고 사타구니를 차버렸다. 이번에는 명중했고 아저씨는 말없이 고통에 몸부림쳤다.

"음흉한 자식."

그렇게 내뱉은 순간 피스톨 소리가 울려 퍼졌고 나는 힘차게 달려 나갔다. 어린 시절에 형과 시합했던 기억이 되살아났다. 속도를 냈다.

1등은 물론 나였다.

시답잖은 달리기 경주가 끝나고 나는 자연스럽게 코에의 모습을 찾았다.

체육복 차림의 코에는 운동회장에서 떨어진 학교 뒤쪽의 벤치에 앉아 있었다. 어디서 났는지 아니면 훔쳐 오기라도 했는지, 생뚱맞게 출발 신호용 피스톨을 입에 물고 있었다.

"뭐 하냐?"

나는 황당해하며 코에 옆에 앉았다.

"봤어. 카야마 오빠, 멋지더라."

입에서 총구를 뺀 코에가 불쑥 칭찬했다.

"딱히."

어떤 반응을 보여야 좋을지 알 수 없었다.

"발이 빨라봤자……."

"차버린 게 최고였어."

어디서부터 본 건가 싶었지만 묻지는 않았다.

"카야마 오빠, 우리 엄마 좋아해?"

"글쎄, 나도 잘 모르겠어."

초등학생 상대로 뭘 또 진지하게 대답하고 난리냐.

코에는 피스톨을 빙글빙글 돌리면서 "다들 어린애라고 날 인간으로 생각하지 않는 거 같아. 아니면 난 진짜로 인간이 아닌 걸까?" 하고 중얼거렸다.

"그냥 아무 말도 못 할 뿐이지, 다 보고 있는데."

그렇게 덧붙이더니 코에는 하늘을 향해 피스톨을 겨누고 방아쇠를 당겼다. 고막을 찢는 듯한 총성이 울려 퍼졌다. 그 요란한 소음에 귀가 삐익 울었다. 멀리서 웅성대는 소리가 들려왔다.

"바보냐?"

내 말에 코에는 기쁜 듯 웃었다.

8

"그러고 보니 요즘 코에가 좀 이상해."

밤에 둘이 있을 때 유리 씨가 꺼낸 말에 나는 내심 평소에도 늘 이상하지 않나 생각했다.

"내일 내가 멀리 나갔다 올 일이 좀 있거든. 걱정돼서 그러는데 코에하고 같이 집 좀 봐주지 않을래?"

"아니, 그건 좀……."

그때 코에가 나타났다. 언제부터 우리의 대화를 듣고 있었는지는 모르겠다.

"그럴 필요 없어."

그렇게 말하는 코에의 얼굴은 무표정해서 진심인지 판단이 서지 않았다.

"봐, 뭔가 이상하지?"

그렇게 물어도 뭐라고 대답하기가 곤란했다. 어두운 공간에서 시트를 문지르자 정전기가 일어 찰나의 불꽃을 발하고 스러졌다.

"부탁할게."

"싫다고 했잖아."

조금 험악한 음성으로 대꾸하자 유리 씨는 딴청을 피우듯 내 말을 무시하고 하품을 했다. 그 몸짓은 코에와 똑같았다.

"안 와도 된다고 했는데."

이튿날, 나는 유리 씨에게서 받은 여벌 열쇠로 집에 들어가서 코에가 귀가하기를 기다렸다. 코에는 집에 들어오자마자 그렇게 내뱉더니 나를 무시하고 화장실로 향했다. 손 씻는 소리가 들려왔다.

"나라고 딱히⋯⋯."

딱히 네가 걱정돼서 이러는 건 아니야.

"카야마 오빠."

돌아온 코에가 따분한 기색으로 내게 물었다.

"사람은 왜 죽어?"

"죽는데 이유고 나발이고 있을 리가 없잖아."

나는 소파에 드러누워 코에를 올려다보았다.

"안 죽어도 되잖아?"

"그런 걸 나한테 묻지 마."

"그럼 누구한테 물어보면 돼?"

나는 그 질문에 대답하는 대신 휴대폰을 집어 들었지만, 배터리가 나가서 꺼져 있었다.

"그 답은 아무도 몰라."

나는 하는 수 없이 그렇게 대답했다.

"그런 건 그냥 대충 넘어가. 다들 그렇게 사니까. 걱정마, 이 세상에는 대충 넘어가는 데 필요한 것들이 넘쳐나니까. 초등학생답게 휴대폰으로 유튜브나 보고 슬라임이나 만들어."

"시끄러, 이 바보야."

코에는 눈높이를 맞추듯 바닥에 쪼그려 앉아서 나를 노려보았다.

"말 참 예쁘게도 한다."

"공허하단 말이야."

진지한 얼굴로 초등학생과 눈싸움을 벌이는 내 꼴이 왠지 우스워 피식 웃음이 났다.

"공허하기는 나도 마찬가지라고."

초등학생 상대로 뭐 하는 짓인지 모르겠다.

"엄마는 단 한 번도 나를 인간으로 봐준 적이 없어."

"설마 그렇기야 하겠냐."

말은 그렇게 했지만, 그건 어디까지나 아무 생각 없이 반사적으로 한 대답에 지나지 않았다.

"어린애라는 필터가 작용해서 별개의 종족처럼 여기는 거 같아. 그리고 엄마는 내가 애답지 않은 게 불만인가 봐."

"구체적으로 뭐가 불만인데?"

"예를 들어 내가 죽고 싶다고 하면 엄마는 화내. 섹스라고 해도 화내고."

"그야 당연하지."

"근데 카야마 오빠도 대학생답지는 않아. 반짝반짝한 느낌이 하나도 없는 게."

"그렇기는 하지."

그래, 어차피 난 칙칙한 놈이다.

어쨌거나 빛나는 청춘 따위는 내 인생에 두 번 다시 찾아오지 않으리라는 예감이 들었다.

"오빠, 왜 그렇게 마음이 시들어버렸어? 엄마랑 똑같아."

그 지적에 짚이는 구석이 없지는 않았다.

"사람이 죽으면 마음이 뿌리부터 썩어들어 가거든."

"그렇구나."

코에는 힘없이 바닥에 털썩 드러누웠다. 그리고 눈만 들어 나를 보더니 엄마 흉내라면서 두 다리를 파닥파닥 흔들었다. 나는 그런 코에를 무시했다.

그날 밤 유리 씨에게서 전화가 왔다.

─미안, 오늘 집에 못 들어갈 것 같아.

그 말의 행간으로 펼쳐지려는 무수한 망상을 억누르고 나는 어이없는 목소리로 대꾸했다.

"저기, 생각을 좀 하고 살아."

코에에 대해서라든가.

내 잔소리에 유리 씨는 입으로만 미안하다고 사과하며 "부탁이니까 자고 가."라고 여러모로 문제의 소지가 있는 발언을 했다.

"당신 말이야. 그렇게 자기 일조차 감당 못 해서 벅차하는 거, 좀 이상하지 않아?"

─알지도 못하면서 참견하지 마.

그 말을 끝으로 전화가 끊겼다.

"오빠, 나 배고파."

나는 머리를 긁적이며 "컵라면이라도 끓일까?" 하고 물었다.

"라면만 먹는 건 싫어. 초밥도 먹을래. 초밥 라면."

"그럴 돈이 어디 있는데?"

어이없어하며 토를 달자 코에가 씨익 자신만만하게 웃더니 서랍을 열었다. 그리고 그 속에서 봉투를 꺼내 내용물을 내게 보여주었다.

"여기 있지롱."

만 엔짜리 지폐가 다발로 들어 있었다. 소위 장롱 예금인 모양이었다.

정말 허술하기 짝이 없다고 생각했다.

결국 그 돈으로 초밥을 배달시키고 컵라면을 하나 끓인 다음, 둘이 반씩 나눠서 정말 초밥과 컵라면을 먹었다. 이상한 저녁 식사였다. 다 먹고 나자 코에가 말했다.

"심심해."

그리고 방구석을 가리키며 물었다.

"아, 맞다. 오빠 와인 마실래?"

그쪽을 돌아보니 와인 셀러가 있었다.

"아빠 유품이야."

그딴 거 없애버리면 좋으련만 하는 생각이 들었다.

"야, 슬슬 가서 자라."

내 말에 코에가 "잠 안 와!"라고 소리쳤다. 시끄럽다. 역시 어린애는 질색이다.

"침대 위에서 트램펄린이나 해버릴까?" 하고 코에가 음흉한 얼굴로 말했다.

"엄마 있을 때는 못 하니까."

"그러시든가."

담배가 당겼지만 차마 코에 앞에서 피울 수는 없었다.

"있잖아, 오빠! 대충 몇 살까지가 어린애야?"

"몰라."

"몇 살이면 어린애답게 굴지 않아도 돼?"

"그냥 지금 당장 어른이 돼버려. 어른이니 어린애니, 어차피 말장난일 뿐이잖아."

이렇게 이야기하는 나부터가 어른인지 애인지 미묘한 판국이다.

"아, 우울해. 내일도 학교, 모레도 학교. 그다음 날도, 그다음 날도 또 그다음 날도, 그다음과 다음과 다음과 다음과 다음도!! 나도 하루빨리 대학생이 돼서 스너프킨이나 카야마 오빠처럼 자유롭게 살고 싶어."

"자유롭다는 게 무조건 좋기만 한 것도 아니야. 뭘 해도 상관없으면 말이야, 꼭 해야 할 일 따위 인생에 하나도 없다는 사실을 깨닫게 되니까 무기력해질 뿐이라고."

"우와, 허무주의네. 카야마 오빠가 그렇게 된 거 말이야, 뭔가 계기가 있어?"

"됐으니까 넌 이제 그만 씻고 자라."

너 진짜 성가셔.

교대로 욕실을 쓰기로 해서 코에가 먼저 들어갔고, 뒤이어 들어간 내가 씻고 나와 보니 인기척이 없었다.

"코에⋯⋯?"

집 안을 뒤졌다. 숨바꼭질이라도 하자는 건가? 옷장 속까지 샅샅이 찾아보았지만 눈에 띄지 않았다.

코에는 집에 없었다.

이게 진짜.

나는 한숨을 쉬고는 신발을 신고 집을 나섰다.

밤길을 달리다 보니 차 소리가 유독 크게 들려왔다. 장례식장에서 울던 오카다 누나의 얼굴이 뇌리를 스쳐 갔다. 어쩐지 장례식에 얽힌 기억이 많구나 싶었다.

문득 깨닫고 보니 어느새 형이 내 옆에서 나란히 달리고 있었다. 진심으로 시합해서 한 번도 이겨본 적이 없었다. 형은 나를 내버려 두고 먼저 가버렸다. 그것이 현실에 대한 불길한 암시처럼 느껴져 살아 있다는 사실에 신물이 났다.

내가 왜 이런 짓을 하고 있지? 못 해먹겠다고, 그럼 안 하면 될 텐데 하고 생각했다.

코에는 어디로 간 걸까?

그동안 밤에 코에를 만난 곳을 이 잡듯이 뒤지는 수밖에 없었다. 하지만 아무리 찾아 헤매도 코에는 보이지 않았다. 초등학생 주제에. 얌전히 집에 있으면 오죽 좋아? 코에를 찾아다니는 동안 눈에 띄지 않는 것에도 짜증이

나고 멀리서 달려가는 구급차 소리에 간담이 서늘해지는 경험을 하며 부모란 참 힘든 거구나, 난 절대 결혼 안 할 테다 하고 생각했다.

찾다가 지쳐 근처 공원 벤치에 털썩 주저앉았다. 어찌 되든 내 알 바 아니다. 아무런 상관도, 책임도 없으니까. 하지만 정말 그럴까?

"카야마 오빠."

돌아보니 코에가 있었다.

나는 요란하게 혀를 차고 손으로 얼굴을 감쌌다.

그 사이 코에는 내 옆에 앉았다.

"무슨 일이야?"

"야, 너 진짜……."

기가 막혔지만, 알맹이 있는 말이라고는 한마디도 못 할 것 같아 약간 위축되었다.

"너 집이 싫어?"

"집에는 죽은 아빠가 있으니까."

"세상에 유령은 없어."

"그렇게 눈에도 보이고 말도 걸어올 것처럼 어딘가 친근감이 느껴지는 타입 말고. 망령처럼 죽은 아빠의 기운이 떠돌아."

코에의 그 설명이 나는 신기하게도 이해가 갔다. 사람

이 죽고 나면 그 사람의 기운만이 집에 남는다. 하지만 기운뿐이고 죽은 사람 본인은 없으니까, 어떻게 해야 좋을지 갈피를 잡을 수 없게 되어버린다.

"난 긍정적인 말 같은 거 못 해준다."

"됐어, 그딴 거 귀찮기만 한데 뭐. 누구나 다 힘들다느니, 그래도 앞을 향해 나아가라느니, 한정된 시간을 죽은 사람 몫까지 열심히 살라느니 하는 뻔하고 재수 없는 격려의 말 따위 기대 안 해."

"그렇겠지."

나는 그녀가 죽은 뒤로 줄곧 공허했다.

어째서 이렇게 매일매일 공허한 걸까.

긍정적으로 살 수 있을 리 없다. 앞을 향해 나아가고 싶지 않다. 앞으로 나아가는 것이 마치 무언가를 배신하는 행위처럼 느껴지니까.

"카야마 오빠."

코에가 입을 열어서 나는 침묵했다.

"난 어딜 가든 뭘 하든 공허해. 어떡하면 돼?"

세상에 복수하듯 불성실하게 살아봤자 결국은 「공허하다」는 원점으로 되돌아온다. 뭘 하면 이 공허함에서 해방될 수 있는지는 나도 알지 못한다.

"뭐든 상관없어. 너나 나나 어렵게 생각하지 않아도 돼."

정말 그럴까?

그 결과가 지금의 나다. 버려진 페트병처럼 검고 어두운 바다를 표류할 뿐이다.

그 후에는 아무 말도 하지 않고 코에의 마음이 차분해질 때까지 기다렸다. 그리고 함께 집에 돌아와서 코에 옆에 이불을 깔고 잤다. 꿈속에서라면 죽은 사람을 만날 수 있을 듯한 느낌이 들었다. 하지만 꿈은 꾸지 않았다.

멀리서 초인종이 울리고 현관문이 열리는 소리에 잠에서 깼다. 코에도 같은 타이밍에 일어난 눈치였다. 졸린다고 중얼거리는 코에를 내버려 두고 나른한 몸을 일으켜 현관으로 향했다.

"좋은 아침."

현관에는 유리 씨와 웬 남자가 있었다.

나이는 40대쯤으로 보였다. 눈매가 온화했다.

"저 아저씨, 누구야?"

뒤늦게 따라 나온 코에가 유리 씨에게 물었다.

"이 사람하고 결혼하려고."

유리 씨의 대답에 코에와 나는 그 자리에 얼어붙었다.

"마음대로 해."

코에는 한숨을 쉬고 몸을 돌렸다. 그리고 혼자 집 안으로 들어가 버렸다.

"나도 이건 좀 아니라고 봐."

그렇게 말하고 나도 코에를 따라갔다.

"이젠 엄마랑 못 살겠어."

코에는 "가족 해산이야."라고 덧붙이더니 배낭을 꺼내서 맹렬하게 짐을 싸기 시작했다.

"어쩌려고?"

"가출할 거야."

"관두지 그래? 어차피 도로 들어오게 돼서 체면만 구길걸?"

"알아."

"알면 됐고."

이윽고 짐을 다 챙긴 코에는 내 손을 꼭 움켜쥐고 "자, 가자."하고 선언했다.

"야, 잠깐만. 이건 좀 이상하잖아."

나는 이런 식으로 내가 상식인 비슷한 역할을 떠맡게 된 이 상황이 껄끄러웠다.

"뭐가?"

"그걸 꼭 물어봐야 아냐?"

그대로 코에에게 이끌려 아래층으로 내려가 유리 씨 커플과 대치했다.

"애, 코에. 엄마 말 좀 들어봐."

"듣기 싫어. 그리고 엄마야말로 내 말을 들어야 해."

"뭐? 하지만 여태까지는 그런 이야기……."

"딱히 전에도 엄마가 마음에 들지는 않았어. 근데 이젠 진짜 인내심의 한계야."

"코에."

"시끄러워."

"지금 시끄럽게 구는 사람은 코에 너잖니."

"나 나갈 거야."

"그래. 나가렴."

적반하장 격으로 나오는 유리 씨를 나는 진심이야? 라는 심정으로 바라보았다.

"잘 있어."

코에는 그렇게 인사하고 집을 나섰다.

"카야마, 고마워."

유리 씨가 말했다. 고맙다니 뭐가? 아, 그래. 어제 하루 딸을 돌봐줘서 고맙다는 이야기인가? 그야 그렇겠지. 그렇게 생각하면서도 나는 화가 났다.

"나도 더는 유리 씨 옆에 못 있겠어."

나는 솔직하게 말했다.

"다 떠나버려도 괜찮아."

"대체 뭐가 불만인데?"

"이젠 지쳤어. 어찌 되든 상관없어. 성실하게 배려하며 사는 게 힘들다고."

어른이 돼가지고 무슨 소리야? 무조건 본심을 토로하는 게 다가 아니잖아.

"웃기지 마."

나는 더 이상 유리 씨와 대화할 마음이 나지 않아 곧장 그 집을 나섰다.

밖으로 나와서 코에를 찾았지만 눈에 띄지 않았다.

아이들은 무섭다. 말이 통하는 것 같지만 실제로는 반 정도밖에 통하지 않는 데다 말로 하지 않는 무언가를 생각하고, 겉으로만 설득에 넘어간 척할 뿐 속으로는 계속 질척질척한 앙금을 쌓아간다는 점에서.

한동안 찾아 헤맨 끝에 역 매표소에서 코에를 발견했다.

"뭐 하는 거냐?"

나는 어이없어하며 코에에게 물었다.

"카야마 오빠, 나 돈 있어. 챙겨왔거든."

코에는 그렇게 말하며 배낭에서 만 엔짜리 지폐를 여러 장 꺼내 부채처럼 팔락팔락 흔들었다.

바로 그때 내 휴대폰이 연속으로 울렸다. 나한테 라인을 보내는 인간이라고 해봐야 뻔하다. 그리고 나는 경박한 인간이니 그들을 내 집으로 불러들여 문란한 나날을 보낼 테지. 여기서 떠나가는 코에를 배웅한다. 그리고 다시는 관여하지 않는다.

"어디로 가고 싶은데?"

나는 코에에게 물었다.

"아타미 온천."

나는 표를 두 장 사서 한 장을 코에에게 내밀었다.

반복되는 일상에 염증을 느끼지 않는 인간이 있을까?

나는 매일 똑같은 생활에도, 그리고 나 자신에게도 질려버린 상태였다.

코에를 데리고 승강장에 서 있는데 유리 씨에게서 전화가 걸려왔다.

"카야마, 코에 어딨는지 몰라?"

찾는 중인 눈치였다.

"몰라요."

나는 그 한마디만 하고 전화를 끊었다.

코에가 조금 불안한 얼굴로 "근데 이러니까 진짜 카야마 오빠가 날 유괴하는 거 같아."라고 중얼거렸다.

역시 그 말이 맞는지도 모르겠다고 생각했다.

9

저금은 쥐꼬리만 했지만 아르바이트 비는 쓰지 않고 모아두었고 평소 생활에서도 여자 쪽이 내는 경우가 많다 보니 약간이지만 돈은 있었다. 게다가 돈이야 어떻게든 되겠거니 하는 낙관적인 자세가 없으면 이런 무모한 짓은 저지를 수 없다.

전철 안에서 코에는 피곤한 듯 잠들었다.

열차를 갈아타고 아타미에 도착했다. 휴대폰으로 숙소를 검색해서 온천이 딸린 여관을 예약했다.

숙소에 가서 짐을 푼 우리는 다다미 위에 편하게 자리를 잡고 잡담을 나누었다.

"오빠, 살다 보면 시시한 일이 너무 많은 거 같아."

"그야 인생이란 원래 시시한 거니까."

나는 책상다리를 한 채로 드러누워 옆구리 스트레칭을 했다.

"세상의 즐거운 일들이 하나도 즐거워 보이지 않게 돼버렸어. 그런 걸 해봤자 무슨 의미가 있는데? 라는 생각이 들기 시작하면 전부 끝장이라니까."

그렇게 따지면 애초에 삶이라는 것 자체가 공허하잖아. 나는 내심 그렇게 생각했다.

"야, 너 온천욕 할 거지?"

"관심 없어."

"그럼 뭐 하러 온 건데……."

"카야마 오빠 혼자 하고 오든가."

"나도 별로 생각 없어."

결국 교대로 객실에 딸린 욕실을 썼다.

코에는 한동안 방에서 캔디 크러쉬로 캔디를 크러쉬했다. 집에 있을 때와 전혀 다를 게 없는 행동이었다. 하지만 어쩌면 코에는 집에 있으면 집에 있는 것처럼 편하게 쉬지 못하니까 굳이 바깥으로 나가야 했는지도 모른다.

"카야마 오빠, 침착하네?"

"별로 그렇지도 않아."

"에이, 평소랑 완전 똑같은데?"

"속으로는 불안해."

거짓말이었다. 나는 그냥 심드렁했다.

어차피 잠도 안 오고 해서 밤이 되자 우리는 또다시 산책이나 하자며 숙소를 나섰다. 둘이 함께 걸었다.

"이제 어쩔까?"

"돈이 다 떨어질 때까지 계속하자."

딱히 여비가 두둑한 것도 아니다. 돈이 없으면 결국 속수무책이다. 숙박비도 무시할 수 없거니와 생활비도 들어간다.

"돈 걱정은 하지 마."

어린애가 신경 쓸 일이 아니라는 생각이 들었다.

그 후 우리는 이곳저곳을 돌아다녔다. 매번 정처 없이 열차를 타고 떠났다. 목적지는 없었다. 어느 방향으로 갈지조차 정하지 않았다. 그냥 마음 내키는 대로 움직였다.

쓸데없는 잡동사니를 사들였다. 코에는 메이크업용 도구와 밤에 블랙라이트를 쬐면 빛난다는 보디 페인팅용 물감을 샀다. 나는 선글라스를 써보았다.

발길 닿는 대로 떠나는 여행은 마음 편해서 좋았다. 의미 없는 짓을 하는 것은 즐겁다. 건설적인 삶보다 훨씬 낫다.

어느 날은 둘이서 고급 레스토랑에 갔다. 그리고 오락실에서 놀다가 지치면 호텔에 묵었다. 내가 자고 있으면 코에가 옆으로 파고 들어와서 같이 자기도 했다.

슬슬 열차 여행에도 질려갈 무렵, 코에가 배고프다고 했다. 그래서 적당한 역에 내려서 햄버거를 먹었다. 식사 후에 코에가 차를 타고 싶다고 했다. 우리는 렌터카를 빌려서 드라이브에 나섰다.

"죽는 줄 알았네."

차에서 내리자마자 코에가 대뜸 그렇게 말했다. 새파랗게 질린 얼굴이 꽤나 우스웠다.

"카야마 오빠, 운전 진짜 못한다."

"그래?"

"면허 언제 땄어?"

"재수할 때."

"그럼 면허 딴 다음에 운전은 몇 번 해봤어?"

"오늘이 처음인데."

코에가 헉하고 비명을 질렀다.

우리가 찾은 곳은 경마장이었다. 코에가 경마를 해보고 싶다고 했기 때문이다. 물론 코에는 마권을 살 수 없으므로 그 예상에 맞추어 내가 대신 사다 주었다. 코에는 이름이 마음에 든다느니 털결이 곱다느니 하는 이유로 말을 골라서 사는 족족 마권을 탕진해갔다. 호쾌할 만큼 빠른 속도로 수중의 돈이 줄어들었다.

"마지막 레이스, 올인해볼까?"

코에가 배낭에서 돈을 꺼내며 황당한 소리를 했다.

"그러든가."

"그럼 그럴래."

기왕이면 대박을 노려야 한다고 주장하며 코에는 당첨될 가능성이 희박한 마권을 골랐다.

"적중하면 뭘 하지?"

"어차피 꽝일걸."

나는 그렇게 대꾸하며 마권을 샀다. 그리고 잠시 생각한 끝에 말을 이었다.

"하고 싶은 게 아무것도 안 떠올라."

"나도."

경기장에 팡파르가 울려 퍼지며 경주가 시작되었다.

"앗, 도쿄 돔 살 수 있으려나?"

"못 살걸?"

사서 어쩌려고? 이윽고 최종 코너를 돌았을 때 우리가 고른 말은 선두를 달리고 있었다. 그때 문득 내가 가치 있는 인생을 살 확률은 이 마권의 당첨 확률과 비슷하지 않을까 하는 생각이 들었다. 그리고 설령 당첨된다 해도 뭘 해야 좋을지조차 모른다. 우리가 선택한 말은 막판에 잇달아 추월당해 뒤로 밀려났고, 결국 마권은 휴지 조각으로 변했다.

"이제 어떡하지?"

남은 돈은 내 저금이 전부였다. 그것도 별로 큰 금액은 아니었다.

"그럼 우리 할아버지네 갈래?" 하고 코에가 물었다.

죽은 코에 아버지의 고향 집은 나가노에 있다고 했다. 한동안 못 봤다고 말하며 코에는 전화로 연락해서 방문 일정을 잡았다.

이튿날 우리는 신칸센을 타고 나가노로 향했다.

"근데 나에 대해서는 뭐라고 했어?"

"아무 말도 안 했어. 그러니까 오빠가 직접 설명해."

나는 나직하게 한숨을 쉬며 눈앞의 잡지로 시선을 떨구었다.

발광병을 다룬 기사였다. 타이틀이 눈길을 끌어 역 매점에서 구입했다.

발광병을 일으키는 물질 발견, 신약 개발 기대. 사실 예전에도 비슷한 기사를 몇 번 본 적이 있었다. 다만 구체적으로 무언가 획기적인 치료법을 발견했다는 이야기는 듣지 못했다. 그런 뉴스를 접할 때마다 나는 복잡한 심정이 되었다.

만약 언젠가 발광병이 불치병이 아니게 되는 날이 오면 나는 그 사실을 순수하게 기뻐할 수 있을까? 미묘하고 의심스러웠다. 어쩐지 얄밉다는 느낌이 들 것 같았다.

역 앞으로 마중 나온 코에의 친척이라는 남자와 합류

했다. 그 남자한테 "당신 누구야?"라는 질문을 받고 말았다.

누구지? 나는 자신에게 같은 질문을 던져보았다.

"동네 오빠예요."

코에가 틀린 말은 아니지만 납득하기는 힘든 설명을 했다.

이윽고 차가 코에 할아버지 댁에 도착했다. 나는 밖으로 나와서 기지개를 켰다. 역에서 대충 한 시간 거리니까 제법 먼 편이다.

겉보기에는 평범한 집이었다. 억새 지붕을 인 초가집 같은 건 아니었다. 안으로 들어가자 쪼글쪼글 주름진 인간들이 무더기로 나타났다. 거북했다.

코에는 오느라 고생 많았다든가 많이 컸구나 같은 상투적인 인사말을 듣느라 바빴다. 코에도 귀찮아하는 기색이었지만 내가 느끼는 지루함에 비하면 양반이었다. 뒤이어 "당신 누구야?"라고 대놓고 묻지는 않았으나 비슷한 이야기가 나왔고, 코에는 이번에도 동네 오빠라고 대답했다. 그러자 뭔지는 잘 모르겠지만 자세한 경위는 나중에 묻자는 분위기가 형성되었고, 일단 보류라는 형태로 코에의 친척들은 나를 받아들였다.

그 후에는 결국 계속 그 집에 머물게 되었다.

금방 끝나려나 싶었지만 코에는 장기전에 들어갈 태세였다. 나가노에서 보낸 첫날밤, NHK로 오사카 여름 전투[#6]를 다룬 역사 다큐멘터리를 보고서 장기 농성을 결심한 것이다.

"도요토미 가문, 결국 지잖아."라고 내가 지적했지만, 코에는 "내가 역사를 바꿔놓겠어."라며 마치 시간 여행자 같은 포부를 드러냈다.

빙수기 같은 게 어디 있었는지는 모르겠지만, 어디선가 불쑥 튀어나왔다. 평소에 쓴 흔적은 없었다. 그러다 보니 「시골집다운 이미지를 원하는 이들의 기대에 부응하고자 한번 들여놔 봤습니다」라는 인상을 풍기기도 했다.

코에는 마치 강아지풀에 홀린 고양이처럼 그 장난감 같은 기계에 자극받아 자기 안의 동심에 눈뜬 듯 "우리 집엔 이런 거 없었는데." 하고 빙수를 만들려는 의욕을 불태웠다. 괜히 나까지 끌어들일까 봐 슬그머니 피신하려 했지만, 코에는 "카야마 오빠, 만들어."라고 내게 명령했다.

"나 혼자 하면 재미없단 말이야."

"그럼 하지 마."

내가 냉담하게 대꾸하자 코에가 원망스러운 눈초리로

#6 오사카 여름 전투 1615년 여름. 도요토미 가문의 근거지였던 오사카 성이 장기 농성 끝에 도쿠가와 이에야스에게 함락된 사건.

나를 노려보았다.

"넌 내가 너랑 놀아주는 사람인 줄 알지?"

내 말에 코에는 "아니야?" 하고 의아한 표정을 지었다.

신물이 나서 코에를 내버려 두고 집 밖으로 나왔다.

할 일이 없어서 터덜터덜 시골길을 걸었다.

길 앞 사거리 한복판에 바로 어저께 불단의 영정 사진 속에서 보았던 남자가 서 있었다.

나는 이유도 없이 그 남자를 두들겨 패고 싶은 충동을 느꼈다.

유리 씨한테서 전화가 왔다. 집에 아무도 없을 때라 내가 전화를 받았다.

"여보세요."

그 한마디에 곧바로 반응이 돌아왔다.

—아, 카야마니?

유리 씨의 목소리였다.

"뭐야?"

반사적으로 짜증스런 기색으로 대꾸하고 말았다.

—지내는 건 어때? 즐거워?

그렇게 묻는 바람에 나는 말문이 막혔다. 즐겁지는 않았다.

"평소랑 똑같아."

―코에는 잘 지내고?

"직접 확인해."

그리고 잠시 생각한 끝에 덧붙였다.

"그냥 유리 씨가 잘 지내다가 못 지내다가 하는 거나 똑같아."

유리 씨는 "무슨 말인지 잘 모르겠어."라고 대답했다.

"그보다 왜 전화했어?"

내 질문에 유리 씨는 가볍게 웃고 말했다.

―나도 그쪽으로 갈까?

"안 와도 돼."

코에 편을 들 마음은 전혀 없었건만, 이건 또 무슨 개수작인가 싶어 유리 씨에게 화가 나기 시작했다.

"유리 씨가 싫어서 도망친 건데 당신이 이쪽으로 와버리면 의미가 없잖아."

―카야마 너도…….

"뭐?"

내가 뭐 어쨌다고?

―나한테서 도망치고 싶어서 같이 갔다는 뜻이야?

"이보세요, 짜증 나거든?"

확 전화를 끊어버릴까 고민했다.

―왜 그렇게 늘 신경질적이야?

유리 씨가 의아한 기색으로 대꾸했다.

"아무튼 당신은 안 와도 돼."

그렇게 말하고 나는 전화를 끊었다. 코에한테는 전화가
왔다는 사실을 알리지 않았다.

밤에 코에가 잠이 안 온다고 푸념했다. 나도 마찬가지
였기에 대답을 할까 말까 망설이는데, 코에가 이부자리에
서 빠져나와 방을 나섰다. 그래서 나도 하는 수 없이 뒤따
라갔다.

코에는 예전에 산 보디 페인팅용 물감을 꺼내 들고 집
밖으로 나갔다.

바깥에서는 벌레가 울고 있었다. 귀가 따가울 정도였지
만 서서히 적응되어 머릿속이 맑아져갔다.

둘이 함께 걸었다. 코에는 냇가로 가려는 눈치였다. 하늘
을 바라보았다. 달은 없었다. 이윽고 목적지에 도착했다.

코에는 물감을 발치에 내려놓았다.

"카야마 오빠."

나는 대답하지 않았다.

코에가 내 팔을 잡았다.

"오빠 몸은 왜 항상 차가워?"

내 체온 따위 지금껏 의식해본 적도 없었다.

"카야마 오빠는 왜, 언제부터 이런 거야?"

나는 나고, 잘린 곳도 끊어진 곳도 없는 일직선의 나라고 생각했다.

"마음이 차가우니까 몸도 차가운 거야?"

"진부한 소리 하지 마."

코에의 손을 뿌리쳤다. 못 해먹겠다는 생각이 들었다. 왜냐하면 못 해먹겠으니까, 이런 짓.

"머리에 피도 안 마른 게."

그렇게 말하면서도 나는 그것이 전혀 본질적인 요소가 아님을 알고 있었다.

코에는 한순간 시큰둥한 표정을 짓는가 싶더니, UV 물감을 꺼내서 자기 팔다리에 치덕치덕 바르기 시작했다.

왜 저러지? 처음에는 의아했지만 이내 그 이유를 깨달았다.

"이거 켜봐."

코에가 내게 블랙라이트를 내밀었다. 그 빛을 쬐자 그 몸이 희미하게 빛났다. 코에가 고안한 흉내 내기 놀이인 셈이었다.

나는 짜증이 나서 코에를 놔두고 혼자 걸음을 옮겼다.

울창한 잡초 속으로 들어가 그 사이를 헤치며 걸었다.

"갑자기 뭐 하는 거야?"

무시하고 계속 걸어갔다.

벌레 소리(코에)가 들렸다. 축축한 흙냄새, 여름 냄새가 코를 찔렀다. 풀잎이 얼굴을 스쳤지만 아랑곳하지 않고 나아갔다. 풀물이 얼굴에 묻어 알싸한 냄새가 났다.

"카야마 오빠, 어디 가?"

뒤에서 코에가 부르는 소리가 났다. 나는 대답하지 않았다. 나는 남을 무시하는 걸 좋아한다. 그리고 마음이 뒤흔들릴 바에야 평생 아무것도 없는 고독 속에 있고 싶었다.

하지만 코에의 손이 나를 붙잡아 어느새 우리는 손을 마주 잡고 있었다. 이렇게 걸어갈 때면 마음이 차가워진다. 나는 코에를 지켜줄 보호자는 절대 되지 못할 것 같았다.

"코에 넌 어떻게 하고 싶어?"

무언가를 극복함으로써 그것이 사라져간다면 나는 그냥 이대로 있고 싶었다.

"난 지금도 슬퍼."

"사람이 죽으면 슬픈 게 당연해."

밤공기는 우리의 호흡에 맞추듯 깊게 가라앉았다.

"카야마 오빠, 조만간 떠날 거야?"

"그래."

"오빠가 없으면 싫어, 쓸쓸해."

나는 글쎄다 하고 내심 생각했다.

"난 카야마 오빠가 좋아."

느닷없는 선언에 당황하고 말았다. 무슨 뜻으로 한 말인지 몰라 난감했다.

"나, 오빠랑 계속 같이……."

"그럴 수는 없어."

알았다는 대답은 차마 할 수 없었다.

"난 오빠가 자유로워서 좋아."

"나도 자유롭지는 않아."

나라고 딱히 이런 삶을 원하지는 않았다.

"나도 착실해지고 싶었어."

"카야마 오빠, 망가지고 싶어?"

"애초에 그만큼 깊이 생각해본 적도 없어. 그러니까 물어봐도 곤란해."

"오빠는 타락하고 싶은 거 아냐?"

"아니야."

나는 웃으며 코에가 들고 있던 물감을 넘겨받았다. 그리고 내 몸에 발랐다.

이윽고 블랙라이트를 비추자 내 몸에서 빛이 뿜어져 나와 그만 웃고 말았다.

뭘 하고 있는 걸까.

이튿날 유리 씨가 나가노로 찾아왔다.

어떻게 남의 감정에 저토록 둔감할 수가 있지? 나도 그렇기는 하지만 유리 씨는 더 심해서 그 누구의 감정이든 추호도 고려하지 않는다.

그녀는 자신이 깊이 상처 입었으니 그렇게 행동해도 괜찮다고 생각한다. 그 병든 사고방식에 휘말려들고 싶지 않았다.

"돌아가자."

유리 씨가 말했고 코에는 거부했다.

"싫어 싫어, 싫다고!"

하지만 그 반응도 어딘가 연기처럼 보였고, 코에는 이내 포기하고 물었다.

"카야마 오빠는 어떡할 거야?"

결정권을 넘겨받았지만 조금도 반갑지 않았다.

실랑이 끝에 결국 셋이 함께 돌아가기로 했다.

첫날 차로 역까지 우리를 데리러 왔던 남자는 유리 씨에게 인사할 때 복잡한 표정을 지었다.

"저 사람, 엄마 좋아해."

그게 사실이라면 참 고생이 많으시겠다 싶었다.

"그나저나 왜 이런 바보짓을 했어?"

돌아가는 신칸센 안에서 유리 씨가 내게 물었다. 코에는 자고 있었다.

"그렇게 바보 같은가?"

"그렇잖아. 코에야 원래 바보니까 그렇다 쳐도 카야마 너까지 왜 그랬어?"

"난 그냥 나도 유리 씨한테서 도망치고 싶었으니까 도망친 것뿐이야."

"도망치고 싶었던 이유는 또 뭔데?"

"당신의 괴물 같은 둔감함이 사람을 망가뜨리기 때문이 아닐까 싶은데."

내 대답에 유리 씨는 인상을 찌푸렸다.

"자각이 없어서 모르겠어."

"그럼 자각해."

"싫어."

어이쿠 무서워라. 다들 더 깊이 관련되기 전에 도망치는 게 신상에 이로울걸? 나는 예외라고 착각하지 말고 일찌감치 발 빼는 편이 낫다.

"유리 씨는 남의 감정을 완전히 무시해서 자기 자신을 지키려고 하는 거 아냐?"

"그럴 리가 없잖아."

유리 씨는 나직하게 한숨을 쉬었다.

"사실은 그 반대인데 말이지."

그럴싸한 말로 얼버무리는 느낌이 들었다.

"유리 씨는 계속 그런 식으로 사람들을 대해서 최종적으로는 어떻게 되고 싶은 건데?"

유리 씨는 직접적인 대답을 피하고 그냥 "난 아무래도 병인 거 같아."라고만 했다.

"그야 병인지도 모르지만요. 근데 유리 씨, 댁이 그 병을 남들한테 옮기고 다닌다는 자각은 있는 겁니까?"

"난 나 말고는 관심 없어."

다 큰 어른이 저래도 되나 싶었다.

"카야마, 넌 우리 모녀에게 상관하지 않아도 돼."

나는 "그렇지."라고 대답했다.

"이제 안 하려고."

그 말을 끝으로 눈을 감고 좌석 등받이에 몸을 기댔다.

잠시 그러고 있다가 문득 실눈을 뜨자 유리 씨의 무표정한 얼굴에 살짝 눈물이 고인 것처럼 보였다. 웃기지 말라고 생각했다.

이윽고 신칸센이 중간 정차역에 멈추어 섰다.

내가 예전에 살던 동네였다.

유리창 속에 미소 짓는 그녀가 보였다. 마치 죽지 않은 것처럼 웃고 있었다.

나는 코에의 손을 잡고 일어섰다. 불쑥 치밀어 오른 알 수 없는 충동이 나를 움직이게 했다. 유리 씨가 놀란 얼굴로 나를 쳐다보았다.

"미안, 조금만 더. 들르고 싶은 곳이 생겼어."

나는 그렇게 통보하고 신칸센에서 내렸다. 유리 씨는 말려봐야 소용없겠구나 하는 표정으로 체념한 듯 우리를 배웅했다.

"카야마 오빠, 잠깐만. 뭐 하는 거야?"

개찰구를 나와 정류장에서 택시를 타고 행선지를 밝혔다. 외진 곳에 자리한 묘지였다. 돈은 아직 지갑 속에 3만 엔쯤 남아 있었다.

"뭐야?"

그렇게 물어도 나는 아직 논리정연하게 설명할 수가 없었다. 단지 뭔가 치밀어 오르는 것이 있었다. 그 감각만이 진실이었다.

내 감정을 외면하고 그딴 건 애초에 존재하지 않았다는 듯 행동한 결과, 나는 어느새 그 알 수 없는 무언가에 침식당하기 직전이었다.

하지만 사람은 때로 그런 자기 안의 응어리를 마주할

필요가 있다.

그리고 단순히 마주하는 데 그치지 않고 그것을 경험해야만 한다.

나는 줄곧 슬픔에 빠지는 것을 피해왔다.

와타라세 마미즈가 죽었을 때 나는 슬퍼하면 안 될 것 같은 기분이 들었다. 그래야만 한다고 생각했다. 오카다가 슬퍼하고 그녀의 부모님이 슬퍼하니까, 슬픔에 잠기는 건 내 역할이 아니라고 생각했다. 나는 냉정을 유지해야 한다. 그게 당연하다고 생각했다. 그래서 나는 슬퍼하지 않았다. 나는 아직 슬퍼하지 못했다. 형이 죽었을 때도, 오카다의 누나가 죽었을 때도.

진심으로 슬퍼하지 못하면 슬픔은 결코 사라지지 않는다.

택시에서 내려 성묘하러 가기 전에 잠깐 서점에 들러 시즈사와 소우의 책, 그리고 편지지와 볼펜을 샀다. 길게 쓰는 건 성격에 안 맞아서 짧게 썼다.

그것을 그녀의 무덤 앞에 놓았다.

눈을 감고 두 손을 모았다.

나는 지금 몹시 슬프고 또 마음껏 슬퍼하고 있다는 느낌이 들었다. 좋아하는 사람이 죽으면 슬프다. 설령 그 마음이 받아들여지지 않았을지라도 슬퍼해도 괜찮다. 내 슬픔은 내 것이니까.

"괜찮아?"

코에가 걱정스러운 기색으로 내 반응을 살피며 말했다. 코에가 내 손을 잡아끌었다. 조금만 더 기다려줘. 나는 잠겨가는 목소리로 말했다.

나는 당신을 좋아했습니다.

그리고 여전히 좋아하는지도 모릅니다.

당신이 죽어서 나는 지금도 변함없이 슬픕니다.

10

학교 앞 자취방으로 돌아온 지 며칠 후, 코에가 [엄마가 이상해.]라는 라인을 보내왔다. 우리가 언제 라인 아이디를 교환했던가? 나는 [늘 그렇잖아.]라고 짧은 답장을 보냈다.

[코에: 늘 그렇기는 하지만 극도로 이상해. 궁극적으로 이상해.]

아직 배우지 않은 한자도 휴대폰으로는 쓸 수 있나 보구나 생각하며 거리로 나섰다.

유리 씨 집에 가보니 문이 잠겨 있지 않았다. 잠시 망설이다가 안으로 들어갔다. 바깥은 암흑천지인데 불도 켜놓지 않아서 당황했다. 대체 무슨 생각인 걸까. 혼자라면 또

모를까 코에도 있는데 어떻게 이렇게까지 망가질 수 있나 싶었다.

유리 씨는 거실에서 와인을 마시는 중이었다.

"좀 더 어른답게 행동할 수 없어?"

"함부로 들어와 놓고 잘난 척은."

술 냄새가 진동해서 비위가 상했다.

"아주 사람을 우습게 안다니까."

유리 씨가 비틀거리며 말했다.

"그래, 우스워."

코에는 어디 있지?

"있잖아, 쟤는 늘 저렇게 재수 없게 군다?"

유리 씨가 테이블 맞은편에 있는 의자를 향해 말을 걸었다. 그 모습은 언뜻 보기에도 호러 그 자체였다.

"응, 맞아. 이쪽은 맨날 힘들어."

"뭐야? 누구랑 이야기하는 건데?"

유리 씨는 나를 돌아보지 않았다.

"하루하루가 거지 같아."

유리 씨는 아무도 없는 허공을 향해 계속 넋두리를 해댔다.

"말했잖아, 거긴 아무도 없다고."

내 지적에 유리 씨는 "있거든?"이라고 대꾸했다.

"그만 마셔."

와인 병을 치우려고 하자, 유리 씨가 우격다짐으로 그 병을 도로 빼앗았다.

중독이구나 싶었다.

"시건방진 소리 하지 마."

그 말에 나도 울컥 화가 치밀어 눈앞에 있는 의자에 앉았다.

"아무도 없어. 지금은 나밖에 없다고."

그러자 유리 씨는 오싹할 만큼 낮고 차가운 목소리로 대꾸했다.

"너 같은 건 필요 없어."

나는 가만히 유리 씨를 응시했다.

"물이나 마시고 자지 그래?"

"아는 척 참견하지 마."

"뭐해?"

어느새 코에가 거실로 들어와 어이없는 기색으로 우리를 쳐다보고 있었다.

"무서워."

그럴 만하다고 생각했다.

"제발 정신 좀 차려."

코에의 말에 유리 씨는 갑자기 술기운이 가신 표정이

되었다.

"정신 차릴게."

유리 씨는 허깨비처럼 말했다.

"정신 차려야지."

넋이 나간 얼굴이었다.

"내일부터 정신 차려야 해."

유리 씨는 그렇게 중얼거리며 옷매무새를 추스르고 자기 방으로 올라갔다.

코에가 "와줘서 고마워."라고 했다.

희망은 어디에도 없다는 생각이 들었다.

유리 씨의 결혼식 날짜가 잡히자 나는 더욱더 우울해졌다.

죽은 형이 꿈에 나왔다. 꿈은 우울보다 편리하다. 만나지 못할 사람과 만날 수 있다니 꿈이란 정말 대단하구나. 실물처럼 생생한 형의 모습을 보며 나는 그렇게 생각했다. 근데 넌 왜 내 집에 있는 건데?

"산 사람은 죽은 사람 몫까지 열심히 살아갈 의무가 있어."

형은 죽은 후에도 변함없이 그렇게 우등생다운 훈계를 늘어놓아 내 짜증을 돋웠다.

시끄러, 멍청아. 얌전히 죽어 있으라고. 성가셔.

학교 스포츠센터에서 수영을 했다. 옆에서는 형과 사진으로만 접한 유리 씨의 남편이 물살을 가르고 있었다. 나는 완벽하게 제정신이다. 나는 괜찮다. 그렇게 자기 암시를 걸었다.

유리 씨의 결혼식 당일.

초대는 못 받았지만 코에를 통해 결혼식장을 알아냈다. 협력할게. 코에는 말했다. 협력이라니 무슨 협력? 이라고 생각했다.

입학식 날 이후 처음 입는 정장을 걸치고 집을 나섰다. 가죽 밑창으로 뚜벅뚜벅 소리를 내며 힘차게 걸었다.

결혼식장에 도착했다. 이제 와서 자기 혼자만 착실한 인간이 되겠다니 너무 치사한 거 아니냐고 생각했다.

접수처로 가서 축의금 봉투를 꺼냈다. 일단 돈을 넣어 오기는 했다. 만 엔만[#7]. 그리고 가명을 적었다. 코에가 알려준 낯선 누군가의 이름을 적었다. 접수처를 돌파하고 나니 완전히 테러리스트가 된 기분이었다.

식장으로 들어가서 코에와 합류했다.

"어떡할 거야?"

코에는 어쩐지 흥분한 기색이었다.

#7 만 엔만 일본은 결혼식에 아주 가까운 친지만 초대하므로 축의금 액수가 기본 3만 엔 정도로 시작함.

"얼굴에 케이크를 처박아줄까?"

자기 부모의 결혼식인데도 코에의 얼굴에는 악의가 감돌았다. 그 바람에 오히려 의욕이 사그라지고 말았다.

"결혼식에 와보는 거, 이번이 처음이야."

"오빠도? 나도."

나는 주위를 둘러보고 체념한 심정으로 "아무것도 못하겠는데." 하고 말했다.

피로연장 바깥에 놓인 의자에 둘이 나란히 앉아 하객들을 구경했다.

"다들 왜 왔을까?"

"부르니까 왔겠지."

"삐딱하네."

코에는 검지를 입에 물고 다리를 달랑달랑 흔들며 말했다.

"카야마 오빠, 친구 있어?"

잠시 생각해보았다.

"한 명쯤?"

"난 없는 거 같아."

"그래, 넌 없을 거 같다."

"그 반응은 뭐야?"

나는 "친구 없어도 안 죽어."라고 대꾸했다.

"카야마 오빠는 소중한 사람 같은 거 필요 없는 타입이야?"

"뭐 그런 셈이지."

소중한 존재, 유일무이한 존재 따위는 필요 없다.

"코에 너는 학교에 좋아하는 애 없어?

내 질문에 코에가 갑자기 난감한 표정을 지었다.

"다들 원숭이나 감자처럼 보이는걸?"

나는 피식 웃고서 손가락으로 한쪽 방향을 가리키며 물었다.

"저것들도 원숭이냐?"

결혼식 참석자 중에는 대머리 아저씨들이 많았다. 신랑이 아저씨니까, 아저씨의 결혼식에는 아저씨가 오는 셈이다.

"오빠가 그러니까 점점 더 원숭이처럼 보이잖아."

코에는 그렇게 대답하고 멀리 있는 아저씨를 가리키며 "우끼끼, 우끼끼끼끼끼." 하고 원숭이 흉내를 냈다. 그 아저씨가 다른 아저씨에게 말을 걸었다. 나도 우가우가 하고 장단을 맞추자, 코에가 재미있다는 듯 깔깔 웃더니 말했다.

"저 사람들 말이야, 말을 할 줄 아니까 짜증 나잖아? 근데 만약 말을 할 줄 모르면 그냥 참을 만하게 느껴질까?"

"아니, 그렇지는 않을걸."

나는 적당히 대꾸했다.

"카야마 오빠가 좋아하는 동물은 뭐야?"

글쎄, 뭘까?

"맥(貘)#8?"

"그게 뭔데?"

"꿈을 먹어."

"진짜 있어?"

나는 코에에게 맥에 관해 설명해주었다.

"꿈 말이야, 맛있을까?"

잘 모르겠다. 하지만 적어도 내 꿈은 먹어봤자 전혀 맛있을 것 같지 않다. 틀림없이 끔찍한 맛이 나겠지.

"맛도 없는데 왜 먹는 걸까?" 하고 코에가 물었다.

"우리도 배고프면 먹잖아. 먹고 싶건 먹고 싶지 않건."

"하긴."

"꿈밖에 못 먹는데 굶주리면 먹을 수밖에 없겠지."

"카야마 오빠는 무슨 꿈을 꿔?"

"기분 나쁜 꿈."

"나도야. 아빠가 자주 나와."

그렇게 잡담을 나누는 사이, 피로연장 앞에서 미묘한 대화가 오가기 시작했다. 아무래도 내가 빌려 쓴 이름의 진짜 주인이 나타난 모양이었다. 나는 얼른 튀기로 했다.

"또 보자."

#8 **맥** 중국 설화에 등장하는 상상의 동물. 악몽을 먹는다고 함.

내 말에 코에는 "에이, 결국 아무것도 안 했잖아." 하고 약간 실망한 기색을 드러냈다.

변함없이 신통치 않은 나날이 이어졌다.

"카야마 오빠, 그렇게 시간이 남아돌면 공부나 하는 게 어때?"라고 코에가 말했다.

얼마 전부터 코에는 대학 캠퍼스에 놀러 오게 되었고, 우리는 요즘도 가끔 학생 식당에서 만나 이야기를 나누고는 했다.

"공부해봤자 의미가 없잖아. 난 안 할 거고, 하고 싶지도 않아."

"그럼 오빠한테 의미 있는 일은 뭔데?"

그 질문에는 나도 말문이 막혔다.

"글쎄, 예를 들면 지금 이 순간은 큰 의미가 없어."

"나랑 얘기하는 게?"

"응."

"……어째서?"

코에는 불만스러운 기색으로 나를 보았다.

생각해보면 나는 늘 무언가를 얻기 위한 수단으로 이야기를 해왔다. 내가 추구하는 것은 의미라기보다 이득이며, 그래서 이득 없는 대화를 하는 게 껄끄럽게 느껴지는

지도 모른다.

"글쎄……."

나는 이대로 망가지고 마는 걸까?

"아마 나 같은 놈은 아무도 사랑해주지 않을 거야."

"카야마 오빠는 외로우니까 남들한테 사랑받고 싶어 하는 타입이야?"

"시끄러."

나는 가볍게 기지개를 켰다.

"난 이만 가보련다. 수업도 들어야 하고."

내 말에 코에도 같이 일어섰다.

같이 식당을 나와 "잘 가라. 난 저쪽이라서."라고 인사하고 먼저 가려고 했다. 막연한 예감일 뿐이지만, 조만간 코에와 나는 더 이상 만나지 않게 될 것 같다.

"카야마 오빠, 나랑 달리기 시합 안 할래?"

코에가 난데없이 생뚱맞은 제안을 했다.

"갑자기 웬 달리기?"

코에는 아스팔트 바닥에 양손을 짚고 "자, 얼른." 하고 나를 재촉했다.

"뭐야? 왜 그렇게 본격적인데?"

나는 어이없어하며 평범하게 달릴 준비를 했다.

"내가 이기면 부탁 하나 들어줘."

"무슨 부탁?"

"이기면 말할게."

코에는 눈앞의 허공을 가만히 노려보며 말했다.

"지면 평생 말 안 할 거야."

"그러든가. 아무리 그래도 초등학생한테는 안 져."

코에가 그 말에 대답하는 대신 "이기면 꼭 들어줘야 해, 알았지?"라고 했으므로 나는 온 힘을 다해 달렸다.

숨이 가빠 왔다.

코에의 머리에서 나풀거리는 머리카락이 저녁노을을 받아 붉은색으로 반짝반짝 빛났다.

그 순간 불현듯 실감했다.

내가 죽을 때도 코에는 살아 있다.

틀림없이 내가 먼저 죽음을 맞이할 테지.

그것은 기묘한 감각이었다.

그 사실에 조금이나마 안도하는 나 자신을 발견했다.

"오빠."

코에는 포기한 듯 달리기를 멈추고 나를 불렀다.

"난 카야마 오빠를 계속 좋아할 거야."

나는 코에한테서 조금 떨어진 곳에 서서 "그거 고맙네."라고 대꾸했다.

"어른이 되면 카야마 오빠랑 결혼해줄 마음도 있어."

"사양하련다."

손을 흔들어주고 걸음을 옮겼다. 뒤돌아보니 코에는 여전히 그 자리에 오도카니 선 채 나를 바라보고 있었다.

"언젠가 사랑을 찾길 바라."

나는 한숨을 쉬었다.

"사랑을."

"그러게."

"찾기를 바라."

"정말로."

나는 코에를 뒤에 남겨두고 걸음을 옮겼다.

이어폰을 끼고 음악을 틀었다. 가사 없는 연주곡이 말(코에)로 할 수 없는 감정을 호소해 왔다. 그 선율이 마치 내 마음을 대변하는 것처럼 들렸다.

이윽고 말(코에)로는 표현할 수 없었던 충동이 언어의 형태로 변해가는 느낌이 들었다.

휴대폰이 진동하며 음악이 끊겼다. 전화한 사람은 오카다였다. 아무 생각 없이 통화 버튼을 눌렀다.

"뭐야?"

내 말에 오카다가 웃으며 "그냥. 용건 없이는 전화하면 안 돼?"라고 대꾸했다. 그리고 뒤이어 뭔가 덧붙이려 했지만, 나는 그런 오카다를 가로막고 말했다.

"우리 조만간 한번 볼까?"

전화기 너머에서 오카다가 흠칫 놀라는 느낌이 났다.

"무슨 일 있었어?"

"이것저것 있었지."

그때 뭔가 바쁜 일이 생겼는지, 오카다 뒤에서 웅성거리는 이야기 소리가 들려왔다.

"미안, 나중에 또 연락할게."

그렇게 말하고 오카다는 전화를 끊었다.

사람은 죽어도, 관계가 소원해져도 무(無)가 되지는 않는다.

나는 언젠가 이 불모의 인생의 무의미함을 사랑할 수 있게 될까?

우리는 렌터카를 타고 달리는 중이었다. 어디로 갈 생각이었는지는 차를 모는 나 자신도 기억나지 않았다. 어디에도 갈 마음이 없었는지도 모른다. 대낮인데도 하늘에는 커다란 달이 형형하게 빛났다. 옆에는 코에가 앉아 있었다.

"나 이대로 살아 있어도 되는 걸까?"

코에가 말했다. 나는 혀를 찼다.

속도를 높였다. 반대편 차선을 넘나들며 앞차를 추월해 나갔다.

"싫어, 카야마 오빠. 하지 마."

그런 무모한 행위가 나는 점점 더 재미있어졌다.

브레이크를 밟지 않고 커브를 돌아 차 사이를 비집고 질주했다.

"내려줘!"

맞은편에서 트럭이 달려왔다. 경적 소리가 울려 퍼졌다. 피하기에는 늦었다는 느낌이 들었다. 그래도 상관없다고 생각했다. 충돌하는 순간을 상상했다. "핸들 돌려!" 하고 코에가 소리쳤다. 나는 눈을 감았다. 죽지 마. 누군가 말했다. 누구일까. 누구든 상관없다. 그 순간 코에가 손을 뻗어 강제로 핸들을 꺾었다. 간발의 차이로 트럭을 피했다.

그리고 나는 또다시 액셀을 밟았다.

"죽는 줄 알았네."

코에가 가슴을 쓸어내리듯 중얼거렸다.

"사는 게 당연하잖아."

나는 대답했다.

바다를
끌어안고

On the beach

지금 너에게도 바닷소리가 들리겠지.

네가 떠난 지도 오랜 시간이 흘렀어. 너와의 추억은 놀랍게도 내 안에 생생하게 살아 있어. 나 자신도 신기할 만큼 지금도 선명하게 기억해. 망각이 두려웠지만 너를 떠올리지 않는 날은 없었어. 마음속 어딘가에는 늘 네가 있었고, 지금도 있어.

죽은 지 얼마 안 됐을 때는 네가 자주 꿈에 나왔어. 죽었다는 건 거짓말이야. 너는 꿈속에서 말했어. 꿈속의 너는 항상 건강했고 우리는 여기저기로 놀러 다녔어. 잠에서 깨어나면 언제나 울고 있었지. 한심하다는 생각은 들지 않았어. 그냥 자연스러운 현상이라고 느꼈어.

사람이 죽으면 슬픈 게 당연하니까 이상하게 여길 이유는 전혀 없지.

긍정적으로 살자고 마음먹어도 그게 말처럼 쉬운 일은 아니야. 좋아, 힘내자 하고 다짐했어. 수없이 다짐했어. 하지만 그런다고 없는 힘이 솟아나지는 않더라고. 그런 건 다 거짓말이야. 끊임없이 너를 그리워했고, 솔직히 말하면 나는 그저 죽지 않고 버티는 것만으로도 벅찼어.

하지만 계속 상심에 빠져 살 수는 없었어. 그렇게 나 자신을 타일렀어. 기운을 내야만 했어. 쉽지는 않았지만 그렇다고 불가능하다고 여기지는 않았어. 살아가는 건 어려울 뿐이지 불가능하지는 않다고 생각했거든.

그렇게 조금씩 정신적인 재활 훈련을 시작했어. 일상생활로 복귀하려고 노력했어. 카야마하고 놀러 다니기도 하고, 가족들과 외출하기도 하고. 그때는 너희 부모님도 자주 뵈었어. 다 함께 다시 일어나려고 애썼지.

뭘 해야 좋을지 모르겠다고 상담했더니, 너희 아버지가 그럼 일단 공부라도 해보는 게 어떻겠냐고 하시더라. 난 그 조언을 우직하게 실천에 옮겼고. 네가 살아 있을 때 난 공부와는 담을 쌓고 지내다시피 했기 때문에 성적도 떨어져서 진도를 따라잡느라 조금 고생했지. 하지만 이 세상에는 더 힘든 일도 있어. 그 사실을 안다는 것만으로도 당장 해야 할 일에 최선을 다할 수 있으리라는 느낌이 들었어. 사실 최선을 다하지 않아도 상관없지만, 나는 다시 일어서기 위해서 노력할 대상이 필요했으니까.

나는 천천히 마음을 다잡아갔어.

성적도 오르기 시작했지. 입시 학원에 다니고 싶다고 부모님께 말씀드렸더니 어머니는 꽤나 놀란 눈치시더라고.

바보 같지? 카야마가 그랬거든. 넌 의사나 되지 그러냐고. 네가 죽었다는 이유로 의사가 되겠다니 너무 안이한 발상 같지 않아? 하지만 나는 한번 해보기로 결심했어.

비록 너는 떠났지만 다른 사람을 도움으로써 나도 위안을 얻을 수 있지 않을까 싶었거든.

결국 나는 의대에 들어갔어. 이렇게 말하면 힘 하나 안 들이고 싱겁게 합격한 것처럼 들릴 테지만 그렇지는 않았어. 특별히 머리가 좋은 편도 아니라 진짜 죽는 줄 알았다고. 떨어지면 어쩌지? 매일같이 그렇게 암울한 미래의 이미지에 짓눌려 괴로워했어.

일단 의대에 가기로 마음먹고 나니 의사가 아니면 대체 뭘 하고 살아야 될지 모르겠더라고. 웃기는 이야기지만 의사가 되느냐 마느냐에 따라서 내 인생이 크게 달라질 것만 같은 느낌이 들었거든. 만일 의사가 되지 못하면 내 인생은 무가치하다고 생각했어. 실제로는 그렇지 않을지도 모르지만, 멋대로 그렇게 믿어버렸으니 하는 수 없지. 아무튼 죽을힘을 다했어. 그 결과 간신히 의대에 합격했고.

합격했을 때는 기뻤어. 이제부터 내 진짜 인생이 시작된다는 기분이 들었거든. 여태까지의 인생과 앞으로의 인생은 완전히 별개라는 느낌이었어.

그리고 또 조금은 안심하기도 했고.

의사가 되면 나는 너를 잊지 않아도 된다고, 평생 기억해도 된다고 생각했거든.

만약 다른 직업을 가지게 되면 언젠가 널 잊고 말지도 몰라.

하지만 의사가 되면 계속 너를 떠올리겠지.

그래서 나는 기뻤어.

실제로 지금도 잊지 않았고. 병원에 갈 때마다 너를 떠올리니까.

원하는 직업에 종사할 수 있다고 생각하니 인생을 성실하게 살게 되더라. 바보처럼 긍정적인 기분을 맛보는 일도 많았어. 넌 웃을지도 모르지만 난 의사가 돼서 정말 행복했거든. 돈이나 지위 같은 데는 전혀 관심 없어. 정말이야. 그렇지만 내 안에는 알 수 없는 사명감 같은 게 있어서 평생을 그 일에 바칠 수 있다고 생각하면 때로는 길을 걷다가도 실실 웃음이 새어 나올 만큼 행복했어.

그런데 정작 그렇게 되니까 또 신기한 감각에 사로잡혔어. 가끔씩 울고 싶어지더라. 왜냐하면 너랑 같이 있을 때는 늘 슬펐잖아? 더 정확히는 인생도 이 세상도 정말 잔인하고 끔찍하다고 확신했지. 세상이 지금 당장 멸망해버리면 좋겠다고 바라기도 했고.

그랬던 내 눈앞에 갑자기 밝은 미래가 펼쳐진 거야. 그렇게 되니까 역시 살아 있다는 사실에 어딘가 죄책감이 느껴지더라고. 너랑 같이 기뻐할 수 있으면 좋겠다는 생각이 들었어. 네가 곁에 있다면 분명 기뻐해주었을 텐데. 너에게 자랑하고 싶었어. 하지만 넌 이제 없지.

얼마 후 수련 과정이 끝나고 대학 병원에서 의사로 근무하게 되었어. 딱히 발광병 환자만 담당하지는 않아. 이 무렵부터 내 인생은 생각만큼 간단하지 않다고 느끼기 시작했어. 병원에는 다양한 환자가 있어. 나를 욕하는 사람도 있지. 무엇보다도 죽는 사람이 생겨. 그러면 내 잘못 같아서 우울해지기도 해. 결국 아무리 노력해도 사람은 죽어. 당연한 이야기지만. 그 당연한 사실이 나한테는 힘겨웠어. 일하기 시작한 지 몇 달 만에 도로 불면증이 도지더라. 생각보다 힘든 인생이라는 게 내 감상이었지. 사람이 줄줄이 죽어 나가는 곳이 내 직장이구나.

환자가 죽은 날 밤에는 이따금 잠을 이루지 못해. 그럴 때면 늘 차를 몰고 바다로 와서 혼자 파도가 밀려오는 물가를 바라보고는 해. 아침까지 계속 그러고 있어. 막막한 심경으로 육지와 바다의 경계에서 하얗게 부서지는 물거품을 멍하니 바라보는 거지. 이런 짓을 하는 건 영화의 등장인물이나 죽으려고 마음먹은 사람 정도가 아닐까 싶어.

이 바닷가에서 나는 자주 상상했어.

죽어서 너를 만나러 가는 내 모습을.

진지하게 너를 상상했어. 나는 모래밭을 가로질러 바다를 향해 걸어가. 이윽고 물살이 이리로 밀려들지만 그래도 난 걸음을 멈추지 않아. 물속으로 잠겨들 때, 투명한 네 그림자가 떠올라 나를 끌어안아. 나도 너를 마주 끌어안아. 그렇게 둘이 함께 어두운 밤바다 밑으로 가라앉아. 천천히 녹아들어 갈 때는 뇌가 저릿할 만큼 기분 좋겠지. 그런 상상을 해. 그렇게 나 자신을 위로하고서 다시 힘내자고 생각하며 일상으로 되돌아가.

그러는 사이 나도 나이를 먹었어. 어느새 서른한 살이 됐다니까. 웃기지? 널 만나기 전에는 내가 이 나이까지 살아 있을 거라는 인상이 전혀 없었는데 말이야. 정확히 말하면 네가 죽기 전에는 그랬다고 해야 할지도 모르겠지만.

몰지각한 소리처럼 들릴 수도 있겠지만 너라면 분명히 이해해줄 테니까 말할게.

나는 늘 네 죽음에서 생명력을 얻는다고 생각해.

이건 내게는 너무나 명확한 진실이야.

네 죽음을 떠올리면 나는 열심히 살아야 할 것 같은 기분이 들거든.

그래서 지금까지 살아올 수 있었어.

그리고 앞으로도, 슬프지만 나는 계속 살아가겠지.

내일도 또 일하러 가야 해. 어른이 된 내 인생은 일의 연속이야.

어떻게 해야 좋을지 갈피를 잡기 어려울 때도 많아. 마음처럼 되지 않는 경우가 그 반대보다 더 많고. 지금도 살아 있다는 사실에 가끔 죄책감을 느껴.

난 전혀 훌륭한 사람이 아니야.

머릿속은 나약한 생각으로 가득해. 매일 도망치고 싶어져.

그래도 네가 있으니 난 괜찮아.

그러고 보니 의외로 난 지금도 혼자 살고 있어.

혼자여도 혼자가 아니니까 꿋꿋하게 살아갈 수 있어. 나는 그럭저럭 버티고 있어. 어찌할 수 없는 일이나 괴로운 일도 옅은 행복감과 함께 삭여내며, 될 대로 되라는 심정으로 어찌어찌 살아가고 있어.

아마 앞으로도 죽을 때까지 살아갈 수 있을 것 같아.

네 덕분에.

나는 지금도 네가 좋아.

언제나 너를 떠올려. 소름 끼친다고 할지도 모르지만

사실이야.

오랜만에 너에게 많은 이야기를 한 느낌이 들어.

먼 미래가 될지 아니면 의외로 가까운 시일 내일지 모르지만, 언젠가 나도 죽을 때가 오겠지.

그때는 분명히 너를 지금보다 더 농밀하게 떠올리게 될 거야.

내일부터는 다시 네 그림자가 옅어지고, 바쁜 일상에 치여 눈앞의 과제에 몰두하게 되겠지. 그렇지만 나는 약한 인간이니까 때로는 중심을 잃기도 하고, 왜 살아 있는가 같은 근본적인 문제로 고민하는 일도 생길 거야.

그럴 때면 오늘처럼 또 바다에 오려고 해.

아무튼 나는 건강하게 잘 지내고 있어.

앞으로도 잘 부탁해.

다음에 또 보자.

■ 작가 후기

이번 마감은 굉장히 힘들었습니다.

제가 워낙 글 쓰는 속도가 느린 탓도 있어 까무러칠 만큼 빡빡한 스케줄을 소화해야 했기에 정말 죽는 줄 알았습니다. 죽지 않아서 다행입니다.

각설하고, 이 책은 『너는 달밤에 빛나고』의 캐릭터들이 나오는 단편집입니다. 예전에 잡지에 실렸던 작품들에 미발표 신작을 두 편 추가해서 여러분께 선보이게 되었습니다.

『너는 달밤에 빛나고』는 감사하게도 영화화가 결정되었습니다. 메가폰을 잡는 분은 츠키카와 쇼 감독님, 주연 배우는 나가노 메이 씨와 키타무라 타쿠미 씨로 2019년 3월 15일 일본 개봉 예정입니다. 츠키카와 감독님이 직접 각본을 담당하셨는데 그 진지한 태도와 내용에 저도 큰 감동을 받았습니다. 원작과는 또 다른 매력을 지닌 츠키카와 감독님의 영화를 만나게 될 날을 저 또한 고대하고 있습니다.

혼자 외로이 이 작품을 쓰기 시작했던 때를 떠올리면 내가 그동안 참 먼 길을 왔구나 하는 생각이 듭니다. 『너는 달밤에 빛나고(약칭 너달빛)』는 정말 행복한 작품으로 loundraw 님의 환상적인 일러스트와 더불어 많은 분들께 사랑을 받았고, 영화화와 만화화를 비롯하여 loundraw 님의 화집에 이르기까지 다방면으로 콜라보레이션 기획이 성사되었습니다.

월간지 「다 빈치」에서 연재 중인 코믹스는 상권이 2019년 2월 22일에 발매됩니다. 만화화를 맡아주신 분은 마츠세 다이치 선생님이십니다. 마츠세 씨는 『이 세상에 i를 담아서』의 후기에 나온 제 오랜 친구이기도 합니다. 그래서 선생님이라는 호칭을 쓰기가 조금 쑥스러운 느낌도 듭니다. 그 후기를 쓸 때만 해도 이렇게 꿈이 실현될 줄은 생각지도 못했는데, 많은 분들의 도움을 받아 함께 일할 수 있게 되었습니다. 덕분에 원고 구석구석까지 마츠세 씨의 감정이 듬뿍 실린 그다운 작품으로 재탄생했습니다. 데뷔하기 전 대학생 시절부터 그의 작품을 봐온 저는 매달 너무나 훌륭한 원고를 접할 때마다 감개무량한 심정이 됩니다. 개인적으로는 무척 기쁩니다. 만화판도 꼭 읽어주셨으면 하는 바람입니다.

또 loundraw 님의 화집 『동트기 전의 너에게 featuring 너는 달밤에 빛나고』가 2019년 2월 28일에 발매됩니다. loundraw 님이 개인전 『동트기 전의 너에게』에서 발표한 화집에 신작 일러스트를 추가한 최신 화집입니다. 제목에서도 알 수 있듯 너달빛과의 합동 기획으로 관련 일러스트가 다수 수록되었을 뿐 아니라 loundraw 님과의 대담과 너달빛의 스핀오프 단편이라는 형식을 빌려 저도 일부 페이지에 참여하였습니다. loundraw 님의 환상적인 일러스트와 함께 성장한 너달빛이기에 무척 영광이었습니다. 세밀한 부분까지 정교하게 계산되어 있으면서도 어딘가 서정적인 분위기가 감도는 loundraw 님의 작품 세계에 관해 화집 속에서 더 자세하게 이야기할 수 있는 기회도 얻었습니다.

이 책의 커버 일러스트도 정말 근사합니다. 전작의 훌륭한 일러스트를 계승하면서도 하늘과 빛의 색감이 이전과 달라서 신선한 느낌을 주는 게 포인트입니다. 카야마는 카야마 그 자체고 마미즈도 귀엽습니다. 타쿠야가 교복 소매를 접어 올린 모양새가 카야마에 비해 투박한 느낌이 나는 것도 마음에 듭니다. 진화를 거듭하는 loundraw 님의 작품을 접하고 저도 더 분발해야겠다고 깊이 다짐했습니다.

좌우지간 그렇게 너달빛 관련 기획이 진행되면서 하늘이 무너지고 해가 서쪽에서 뜨고 내일 지구가 멸망한다 할지라도 죽어도 어길 수 없는 마감으로 이 책의 마감 기한이 잡혔습니다만, 저는 역시나 죽었습니다. 혹시 죽는 게 아닐까 어렴풋이 예감하기는 했지만, 아니나 다를까 죽고 말았습니다. 혼자 사는 처지라서 며칠에 한 번꼴로 공허한 눈을 하고 가까운 편의점을 찾아 내용물도 확인하지 않고 냉동식품을 죄다 바구니에 쓸어 담는 괴짜로 변했습니다. 글을 쓰다가 막히면 오밤중에 산책을 나가 중얼중얼 혼잣말을 하면서 거리를 배회하는 위험인물로 변했습니다. 더 심하게 막히면 방 안에서 벽을 향해 수없이 물구나무를 서다가 별안간 괴성을 지르며 춤을 춰대고, 바닥을 데굴데굴 구르면서 못 쓰겠어, 인기 없어, 못 쓰겠어, 매력 없어, 못 쓰겠어…… 하고 부르짖는 기행을 벌였습니다. 그렇게 음울한 나날에서 탄생한 이 단편집, 어떻게 보셨는지요? 재미있게 읽으셨다면 다행이라고 말씀드리고 싶지만, 너달빛은 원래부터 그렇게 덮어놓고 즐길 수 있는 작품이 아닌 데다가 이 책도 딱히 유쾌한 작품집은 아니지요.

제가 데뷔한 지도 어느덧 2년이 흘렀습니다. 돌이켜보면 그동안 꿈꿔왔던 일들이 속속 실현되어가는 나날이었습니다. 「다 빈치」와의 인터뷰, 마츠세와의 공동 작업, 영화화, 대담……. 언젠가 이루어지면 좋겠다고 생각만 해왔던 일들이 어마어마한 속도로 실현되어가는 바람에 오히려 무섭기까지 했습니다. 그리고 단편집 후기에서 음반의 셀프 라이너 노트(liner notes) 같은 느낌으로 제 작품의 해설을 해보고 싶다는 것도 제 소박한 꿈 중 하나였습니다. 그 야망 역시 이루어지고 말 것 같습니다. 그래서 지금부터 각각의 단편에 관하여 잠시 이야기해볼까 합니다.

『만약, 너와』. 이 작품은 「전격문고 MAGAZINE」이라는 잡지에 게재될 너달빛의 소개 페이지에 실으려고 쓴 아주 짧은 단편입니다. 정해진 레이아웃과 글자 수가 적어서 쓰는 데 고생했던 기억이 납니다. 줄 바꿈이 많고 문장 길이가 짧은 것도 그 흔적입니다. 그렇게 고생은 했지만 개인적으로는 마음에 드는 단편 중 하나입니다. 제법 괜찮게 써냈다고 생각합니다. 타쿠야는 그런 식으로 조금씩 마미즈의 죽음을 받아들여 갔을지도 모르겠습니다.

『내가 언젠가 죽기 전까지의 나날』은 같은 잡지에 책 속 부록으로 실린 작품입니다. 데뷔하고 처음으로 쓴 단편입니다. 마미즈 시점에서 이야기가 전개되므로 여성 1인칭을 쓰는 데 상당히 애를 먹었습니다. 현실성 없는 독백은 가급적 쓰고 싶지 않다고 생각했기 때문입니다. 성공했는지는 알 수 없습니다만, 그 당시의 제가 할 수 있는 최선을 다해서 썼습니다. 그리고 저도 죽음을 앞두면 새 책은 읽지 못하게 될지도 모르겠다는 생각이 듭니다.

『첫사랑의 망령』역시 같은 잡지에 실린 단편으로 게재 당시에는『내 첫사랑의 망령』이라는 제목이었지만 단편집 수록을 앞두고『내』를 뺐습니다. 그 이유는 단순히 다른 단편의 제목과 분위기를 통일하고 싶었기 때문입니다. 첫사랑의 망령. 저에게도 있는 것 같은 느낌이 듭니다. 고등학생 시절의 카야마는 대학생 때보다 감상적인 면이 있다고 생각합니다. 의외로 카야마도 고민이 많았구나 하고 이 작품을 쓰면서 생각했습니다.

『와타라세 마미즈의 흑역사 노트』도 같은 잡지에 실린 단편입니다. 약간 코믹한 느낌이 나는 작품이기도 합니다. 사실 이 에피소드는 너달빛 본편의 초고를 쓸 때 포함되었던 장면 가운데 하나입니다. 저는 특히 장편 소설을 쓸 때는 오랜 시간을 들여 작품을 수정하는 버릇이 있어 잘라내는 부분이 많습니다. 그렇게 편집한 부분 중에서 이 작품의 모태가 되는 글을 골라내 단편으로 고쳐 썼습니다. 공들여 썼지만 마음을 독하게 먹고 잘라낸 장면 중 하나라서 이렇게나마 세상 빛을 보게 되어서 다행이라고 생각합니다. 저는 마음에 드는 장면도 불필요하다고 판단하면 가차없이 잘라내는 타입입니다. 그렇게 시간을 들여 수정하다 보니 책이 늦게 나온다는 단점이 있지만요. 마감이 촉박했기 때문에 이미 써놓은 글이 있어서 살았습니다.

『유리와 코에』부터는 이 책을 위해서 새로 쓴 글입니다. 『유리와 코에』는 분량도 가장 길고 완성하기까지 극심한 산고를 겪은 작품입니다. 따지고 보면 카야마라는 인물은 작가인 저와 성격이 완전히 딴판입니다. 그래서 카야마에 관해서 써달라는 부탁을 받았을 때는 무척 난감했습니다. 카야마는 내면 묘사가 없어야 더 매력적으로 느껴지는 스타일이라고 생각했기 때문입니다. 끊임없이 고심하며 그야말로 어둠 속을 더듬는 느낌으로 써나갔습니다. 가장 우려했던 점은 카야마가 미적지근한 인간이 되어버리는 것이었습니다. 약간은 살벌하면서도 메마르고 차가운 분위기를 내고자 시행착오를 거듭했습니다. 특히 카야마는 그다지 수다스러운 성격이 아니므로 초고에서 독백 등을 상당 부분 쳐냈습니다. 이 작품에 등장하는 유리와 코에는 카야마가 그동안 접해본 적 없는 존재입니다. 그래서 카야마는 작중에서 줄곧 곤혹스러워합니다. 그렇게 골치 아프지만 어딘가 현실적이기도 한 카야마의 미숙함 같은 것을 그려낸 작품이기도 합니다. 카야마 같은 타입, 실제로 있지요. 카야마와 오카다, 왠지 약간 소원해진 느낌이지만 따지고 보면 세상이라는 게 원래 그런 법인지도 모릅니다. 그래도 그들은 어른이 된 후에도 가끔씩, 몇 년에 한 번 정도는 얼굴을 보지 않으려나 하고 막연히 생각하고는 합니다.

『바다를 끌어안고』는 미발표 신작으로 이 책의 끝에 위치하는 단편입니다. 제목은 사카구치 안고의 『나는 바다를 껴안고 싶다』에서 따왔습니다. 이 작품을 쓸 때도 무척 고생했습니다. 시간이 너무 없어서요. 그냥 실패했습니다, 못 썼습니다 하고 이실직고할까 고민했습니다. 몇 번을 고쳐 써도 결과물이 만족스럽지 못해서 이걸 어떡하지? 하고 고민하던 찰나, 번개처럼 영감이 내려왔습니다. 막판에 그동안 써온 내용을 전부 폐기하고 처음부터 다시 쓰기로 했습니다. 사실은 이런 식으로 쓸 생각이 아니었지만, 저 자신조차 컨트롤할 수 없는 어떤 힘이 작용해서 이런 형태의 소설이 탄생했습니다. 저치고는 드물게, 아마도 난생처음으로 단숨에 써 내려가서 그대로 제출했습니다. 거의 손보지 않았습니다. 이 작품을 쓸 수 있어서 다행이었습니다. 정말로요.

그럼 이쯤에서 라이너 노트를 마무리할까 합니다. 또다시 꿈이 실현되고 말았네요.

이렇게 많은 꿈이 계속 엄청난 속도로 이루어져가는 것도 다 『너는 달밤에 빛나고』를 사랑해주신 독자 여러분 덕

분입니다. 지나치게 직설적인 표현이라 조금 부끄럽습니다만, 그래도 저는 늘 읽어주시는 분들께 감사하는 마음으로 살아가고 있습니다.

소설가가 되어 행복하고, 아침부터 밤까지 소설을 쓰고 소설만 생각하며 살아갈 수 있다는 게 그저 기쁠 따름입니다. 그 기쁨도 가끔은 힘들고 괴로운 일상에 매몰되어 잊어버리고 말 것 같을 때가 있고 모든 게 다 신물이 날 때도 있지만, 그러므로 지금 여기에 분명히 적어두고자 합니다.

제가 소설가로 살아갈 수 있는 까닭은 읽어주시는 독자 여러분 한 분 한 분의 힘이 있기 때문입니다.

항상 감사드립니다.

소설을 읽어주셔서 정말 고맙습니다.

저도 언젠가 죽을 날이 오겠지요.

그날까지 잔뜩 책을 써서 남기고 죽고 싶습니다.

그런 마음으로 쓴 네 번째 책의 네 번째 후기였습니다.

소중한 본연의 열정을 잃지 않고 앞으로도 열심히 하겠습니다.

사노 테츠야

〈수록 작품 발표 지면〉

「만약, 너와」 / 전격문고 MAGAZINE Vol.57 (2017년 9월)
「내가 언젠가 죽기 전까지의 나날」 / 전격문고 MAGAZINE Vol.54 (2017년 3월)
「첫사랑의 망령」 / (게재 당시 제목 「내 첫사랑의 망령」) 전격문고 MAGAZINE Vol.55 (2017년 5월)
「와타라세 마미즈의 흑역사 노트」 / 전격문고 MAGAZINE Vol.60 (2018년 3월)
「유리와 코에」 / 미발표 신작
「바다를 끌어안고」 / 미발표 신작

단행본 수록을 위해 가필 수정했습니다.

KIMI WA TSUKIYO NI HIKARIKAGAYAKU ＋Fragments

ⓒTetsuya Sano 2019
First published in Japan in 2019 by KADOKAWA CORPORATION, Tokyo.
Korean translation rights arranged with KADOKAWA CORPORATION, Tokyo,
through Korea Copyright Center Inc.

너는 달밤에 빛나고 ＋Fragments

1판 1쇄 발행 2019년 9월 10일
1판 6쇄 발행 2024년 1월 15일
지은이 사노 테츠야　**옮긴이** 박정원　**펴낸이** 최원영
편집부장 김승신　**편집** 원서은　**북디자인** 이혜경디자인
본문조판 양우연　**마케팅** 김민원
펴낸곳 (주)디앤씨미디어　**출판등록** 2002년 4월 25일 제20-260호
주소 서울시 구로구 디지털로 26길 111 제이앤케이디지털타워 503호
전화번호 02.333.2513　**팩스** 02.333.2514

ISBN 979-11-278-5186-6　03830

정가 10,000원

너는 달밤에
빛나고

너는 달밤에 빛나고

사노 테츠야 지음 | loundraw 일러스트 | 박정원 옮김

"이제 곧 마지막 순간이 다가옵니다. 이것이 정말 마지막 부탁입니다……."

소중한 사람이 죽은 뒤로 모든 것을 포기한 채 살아가던 나는
고등학교에서 '발광병(發光病)'으로 입원 중인 소녀를 만나게 된다.
소녀의 이름은 와타라세 마미즈.
그녀가 걸린 '발광병'은 달빛을 받으면 몸이 희미하게 빛나고,
죽음이 가까워질수록 그 빛이 강해진다고 한다.
나는 시한부 인생인 마미즈에게 죽기 전에 하고 싶은 일을 듣고 제안한다.
"그거, 내가 도와줘도 될까?"
"정말?"
그 약속을 계기로 멈추었던 나의 시간이 다시 움직이기 시작한다.

지금 이 순간을 살아가는 모든 이들에게 전하고픈 최고의 러브 스토리
제23회 전격소설대상 대상 수상작!

D&C
BOOKS

라이트노벨의 새로운 빛! ㄴ노벨의 신간은 매월 10일에 발매됩니다. http://cafe.naver.com/lnovel11

이 세상에 i를 담아서

사노 테츠야 지음 | loundraw 일러스트 | 박정원 옮김

「현실에 기대를 하니까 안 되는 거야.」

삶에 어려움을 느끼며 지루한 학교생활을 보내던 나에게
어느 날 날아온 한 통의 메일.
그러나 그것은 도착할 리 없는 메일이었다.
뒤틀려버린 나의 유일한 이성 친구이자 천재 소설가, 요시노 시온.
반년 전에 죽은 그녀가 보내는 이 비현실적인 메일로
나는 잃어버린 시간을 되찾아간다.

하지만
그녀가 남긴 마지막 말에 다다랐을 때,
그곳에서는 충격적인 결말이 기다리고 있었는데…….

소설을 사랑하는 모든 이들에게 전하는 최고의 감동!

©AYA HAZUKI 2018
Illustration : booota
KADOKAWA CORPORATION

Hello, Hello and Hello

하즈키 아야 지음 | 이소연 옮김

"있잖아, 요시. 난 너를──."
처음 듣는 그 목소리에 발길을 멈추었다.
방과 후 돌아가는 길. 중학교 운동장과 역 앞 서점.
그리고 하얀 고양이가 잠들어있는 공터에서
어째서인지 나를 알고 있는 신비한 소녀,
시이나 유키는 항상 그런 식으로 말을 걸어왔다.

울고 웃고 화내고 손을 잡고. 우리는 몇 번이고 사라져가는 추억을,
어디에도 존재하지 않는 약속을 쌓아간다. 그래서, 난 아무것도 몰랐다.
유키 얼굴에 띤 미소의 가치도, 흘린 눈물의 의미도.
많은 「처음 뵙겠습니다」에 담긴 딱 하나의 감정조차.

**이것은 잔혹할 정도로 가슴 아프고
마음을 사로잡은 채 놓아주지 않는
만남과 이별의 이야기.**

라이트노벨의 새로운 빛! L북스의 신간은 매월 20일에 발매됩니다. http://cafe.naver.com/lnovel11

©Mirito Amasaki, Fly 2018
KADOKAWA CORPORATION

너를 잊는 법을 가르쳐 줘 1권

아마사키 미리토 지음 | 플라이 일러스트 | 이진주 옮김

"남은 수명은 앞으로 반 년—. 나는 이대로 죽을 생각이었다."
대학을 중퇴하고 백수가 되어, 살 가치가 없다고 느끼던 마츠모토 슈는
오랜 친구인 토미 씨의 권유로 모교인 중학교를 방문한다.
그곳에는 연예인이 된 운명의 소꿉친구, 키리야마 사야네가 있었는데…….
이 만남이 또다시 슈의 운명을 움직이게 한다.
『천재이기에 고독한 히로인과 범재이기에 고뇌하는 주인공.
두 사람의 엇갈림과 에두른 청춘에 끌려 들어갔습니다.』
『도망치고 도망치고 계속 도망쳐 온 쓰레기에게 남은 단 하나의 약속.
가슴이 뜨거워졌습니다.』
발매 전부터 수많은 감동사연이 올라온 작품.

**잡지 못했던 기회, 한 차례 원가를 포기해버렸던 사람들에게 보내는
어른들의 청춘스토리.**